# 傻白甜妻硬起來

下

風文創 1009

蘇沐梵 著

# 目錄

# 第三十二章

晚宴申時中開始，趙攸寧百無聊賴地在殿中看了一會兒棋，隨後與幾個見過幾面的小姐，一起在公主府內側邊的槐樹林逛了逛，估算離開宴還有兩炷香的時間，便提前去接蕭灼。

從花園經過時，還恰巧碰見從那邊過來的梁婉。

兩人相看兩厭，互相冷哼了一聲，擦肩而過。

偏殿門前，綠妍和流雲兩個小丫鬟並肩在臺階上坐著，流雲頭歪在綠妍肩膀上，似乎睡得正香。

綠妍倒是還精神，見趙攸寧來了，連忙拍了下流雲的胳膊。「流雲姊姊，醒醒。」

流雲迷迷糊糊的睜眼，還沒搞清楚狀況，額頭就挨了趙攸寧不輕不重的一下。

「讓妳來替我看著人，妳倒跑這兒睡午覺了？」

流雲這下徹底清醒了，捂著額頭猛地坐直了身子，卻忽然「哎喲」了一聲，捂住了後頸。

趙攸寧噗哧一笑。「看來睡的時間不少，脖子都睡僵了。」

流雲也不記得自己怎麼就糊裡糊塗睡過去了，紅著臉揉了揉脖頸，趕緊站了起來。

趙攸寧也沒真的生氣，見流雲醒了就沒再打趣她，看著掩著的房門道：「阿灼呢，可醒了？」隨後又想起方才碰見的梁婉，補充了一句。「方才沒有其他人過來吧？」

綠妍搖搖頭。「我和流雲姊姊看著呢，並無其他人過來。」

趙攸寧點點頭。「看時辰也該酒醒了，晚宴還有兩炷香才開始，我先進去叫她起來，妳們倆去打一盆水過來。」

兩個丫鬟點頭去了，趙攸寧輕手輕腳地推開門，往裡一看，卻見蕭灼居然已經醒了，正坐在床邊睜著一雙大眼睛，有些茫然。

見她醒了，趙攸寧一邊開門通風，一邊道：「醒了？什麼時候醒的，頭還暈不暈？」

蕭灼也是剛醒，臉上因為喝醉而浮起的緋紅已經褪去，但是腦子還有些緩不過來。聽著趙攸寧的話，過了一會兒才慢慢搖了搖頭。「剛剛才醒的，不暈了。」不僅不暈了，而且還十分舒服，一點也沒有書上所寫的，醉酒後的頭疼感覺。

蕭灼伸手揉了揉眼睛，環視了一下四周。

「攸寧，方才我一直是一個人睡的？」

趙攸寧點頭，笑道：「是啊，今兒可不就妳一個一杯倒的嗎？」

蕭灼吶吶地「哦」了一聲，眉尖微蹙。

真是奇怪，方才在睡夢中總覺得身邊還有一個人，溫柔呢喃的跟她說話，還餵她喝了特別甜的東西。

蕭灼咂了咂嘴，舌尖似乎還能回味那股清甜的味道，而且她還聞到一股十分清冽好聞的味道。

可是這屋子裡又沒別人，也沒點熏香啊。

趙攸寧將窗戶打開了些，讓屋外帶著玉蘭花香的風吹進來，回頭看到蕭灼還在發呆，走過去伸出手在她面前晃了晃。

「怎麼了？睡傻了？」

蕭灼回神，揉了揉額間，小聲道：「好像有一點。」

這時，打水的兩個人也回來了，趙攸寧看她依然有些沒清醒的樣子，笑道：「別傻愣著了，快過來洗把臉，清醒清醒，晚宴快開始了。」

聽到晚宴，蕭灼才猛地想起自己身處何地，有些發懵的腦子總算清醒不少。

蕭灼伸手拍了拍臉，止住腦中發散的思緒，掀開毯子下了榻。

這偏殿平日雖是供人臨時休息的地方，但是裡頭各項擺設也一應俱全。蕭灼淨了面，坐到榻邊的小梳妝檯前，對著鏡子抬手理了理髮髻。

趙攸寧就站在她旁邊，忽地眼睛一亮。

「咦，之前倒沒發現，妳今日戴的這支白玉簪倒是別致。」

「嗯？」蕭灼偏了偏頭，果然在髮間發現一支白玉簪。

蕭灼伸手將那支髮簪拿了下來，放在手中細細端詳。

這髮簪的確別致，通體瑩白，顏色極純，簪尾雕成一朵將開未開的茉莉花，栩栩如生，彷彿湊近就能聞到香味似的。

趙攸寧湊了過來，道：「這雕刻的手藝真不錯，妳從哪兒買來這麼一件寶貝？」

看著手中的簪子，蕭灼也有些疑惑，回身道：「綠妍，這支簪子是我今兒戴的？我怎麼沒有見過？」

綠妍看了看，道：「今兒早上是奴婢和惜言姊姊一起給小姐梳妝的，奴婢也不大記得了。不過前些日子小姐一出門，多少都會帶些首飾回來，有不少都是剛拿出來的呢。」

蕭灼心道也是，她前些日子的確買了不少東西，回來往往就累了，直接將盒子放在梳妝檯上，等用的時候再拿出來。或許是她哪天買回來的給忘了，今天才翻出來戴上的。

蕭灼摩挲著手中觸手生溫的簪子，心裡總覺得有些異樣，但又抓不住是什麼。

看著趙攸寧滿是欣賞的眼神，蕭灼笑道：「這樣做工的東西，除了珍寶閣估計也沒其他地方能買到了，妳喜歡，我下次見到了，再給妳帶一支？」

趙攸寧擺手道：「我就是欣賞，哪能厚臉皮讓妳替我跑腿？不過說真的，我這運氣不知怎麼的，我也去過不少次珍寶閣，總看不著好的，要不妳下次出門，帶上我一起？」

蕭灼笑道：「好呀，順便去嚐嚐妳上次提過的那家老牌糕點。」

見蕭灼消了疑慮，將那簪子重新戴回髮間，站在後面的綠妍總算鬆了口氣。

看蕭灼和趙攸寧兩人如今的關係，她生怕蕭灼一見趙攸寧喜歡，轉手就送人了，那主子估計得氣死，還好還好。

理了理衣衫和髮髻，確認沒有什麼不妥的地方後，時間才過了一炷香不到，兩人便慢慢往正殿走去。

「對了，攸寧，今日下午我不在，長公主可有怪罪？有沒有發生什麼重要的事？」蕭灼問道，畢竟一個下午沒有參與，多少還是有些不安。

趙攸寧拍拍她的肩膀。「放心，沒關係的，長公主知道妳喝醉了，還是長公主吩咐帶妳去偏殿休息的。其實也就過了一個半時辰，大家都在殿中下棋，或去散散步，沒什麼大事發生。不過有一點，我得和妳說一聲，下午妳二姊姊和長公主對弈了幾局，頗受長公主讚賞，長公主還主動約了下次，我瞧妳這二姊姊倒像是有備而來，想要與長公主攀上交情。」

蕭灼腳步微頓，冷冷笑了一下。「聽說她前些日子苦練棋藝，我便猜到了，她也算是有心了，想與長公主套近乎的人那麼多，她能踩到點子上，也算她的本事。」

趙攸寧沈默了一瞬，還是將之前的疑問說了出口。「灼兒，妳和妳這位二姊姊可是生了嫌隙？我一直覺得妳這二姊姊心思深得很，防人之心不可無，妳還是多留個心眼為好。」

蕭灼見趙攸寧滿是擔憂的神色，心裡一暖。

「知道了，放心，我心中有數。」

趙攸寧看著蕭灼的笑容，不由更加心疼。

她雖然沒有姊妹，可是她的父親也是有幾房側室的。即使無所出，還有她的母親坐鎮，那幾個側室平日也能弄出不少令人頭疼的么蛾子。更何況蕭灼不僅沒了娘親，家中還有個有所出且管著家的側夫人，日子必定更加難過。

「灼兒，雖說這是妳的家事，不過咱們都這麼好了，妳若是受了委屈，或是有什麼需要幫忙的，一定要跟我說。」趙攸寧認真道。

趙攸寧平時大剌剌的，瀟灑得很，這乍一感性、認真起來，反倒叫蕭灼有些不適應，一時沒忍住，低頭笑了出來。

其實趙攸寧也覺得自己肉麻得很，被蕭灼這麼一笑，頓時惱了。「嘿，妳這沒心沒肺的，我和妳說正經事呢。」

蕭灼咬住嘴唇忍住笑意，伸手抱了趙攸寧一下，小聲道：「我知道的，謝謝妳，攸寧。」

趙攸寧一愣，彆扭的偏過了頭，臉上浮起一抹可疑的紅暈。「肉麻死了，我看我就是瞎操心。」

蕭灼笑眼彎彎。「好了，快走吧。」

這裡離正殿不遠，已經隱約能聽到裡面傳來的人聲，周圍的侍女、僕從也多了起來，兩人微微加快了腳步。

忽地，一個拿著幾卷書畫的小丫鬟匆匆而過，路過幾人身邊時，猛地與蕭灼身後的綠妍撞了個滿懷。

兩人雙雙摔倒在地，那個小丫鬟更是直接撲倒在綠妍身上，手上的書本、畫卷也散了一地。

蕭灼和趙攸寧一驚，趕緊停下腳步去扶她們倆。

「這是怎麼了，再急也得看路不是？」蕭灼扶起被撞倒的綠妍。

那小丫鬟似乎也嚇到了，跪在地上一邊撿書卷，一邊不住地認錯。

「奴婢該死，奴婢趕著送東西，衝撞了姑娘，還請姑娘恕罪。」小丫鬟顫著嗓子道，身子有些微微發抖。

蕭灼看看綠妍。「沒事吧？」

綠妍看了那小丫鬟一眼，搖搖頭。「不礙事。」

蕭灼鬆了口氣，看那小丫鬟被嚇到的模樣，也不忍再說什麼，撿起掉得遠了些的書冊，放到她手上。「行了，快去吧，別再這麼莽撞了。」

「多謝姑娘，多謝姑娘！」那丫鬟連連道謝，連頭都不敢抬，磕了個頭，趕緊抱著東西跑了。

趙攸寧道：「今日公主府上事多，小丫頭們難免忙不過來，所以毛毛躁躁的。所幸沒有受傷，咱們還是趕緊去正殿要緊。」

一行人繼續往正殿走去。

在蕭灼轉身時，綠妍眼中微微一冷，伸手從腰後摸出一個小小的玉墜，嘴角勾起一抹冷笑。

正殿中依然如午時一般熱鬧，之前供大家賞玩遊戲的琴棋書畫和筆墨紙硯都已經收了下去。

晚宴不再行酒令，廳中的石溪沒了用處，改為佈置成室內景觀，桌椅順著大廳兩側延伸至門口，侍女來來回回地擺上瓜果、酒液。

長公主正在吩咐侍女掌燈，見蕭灼和趙攸寧進來，笑盈盈地走了過去。

長公主看看蕭灼，問道：「怎麼樣，酒意可褪了？」

蕭灼頗有些不好意思，紅著臉行了個禮道：「阿灼酒量不佳，給長公主添麻煩了。」

長公主擺擺手道：「無事，睡了一覺而已，不用放在心上。不過晚上可就莫要多喝了，免得回去路上不放心。」

蕭灼點點頭。「是，謝長公主關懷。」

長公主抬頭看了看四周，覺得並無什麼不妥之處，轉身對眾人道：「大家先請自便，本公主回去換件衣服，有什麼需要吩咐丫鬟即可。」

眾人齊聲行禮恭送。

長公主走後，蕭灼和趙攸寧找了個侍女帶路，到她們的位子坐下。

晚宴不再如午宴般隨便入座，不過也許是長公主見蕭灼和趙攸寧要好，依然將她們倆安排在鄰座。

這一點蕭灼十分滿意，心裡對長公主的好感又添了一些。

不過不好的一點是，離中間長公主的主位比較近，左邊和梁婉、孟余歡只隔了一個人，右邊鄰座就是蕭嫵，而且景潯和元煜也被安排在長公主的右手邊，不再在她們對面了。

比起前面兩點，最後一點顯然更讓她失落。

蕭灼看著依然空著的那兩個位子，抿了抿唇，往趙攸寧那邊挨過去，道：「攸寧，潯世子……下午在做什麼？」

趙攸寧想了想。「不太清楚，下午殿中都是各家小姐居多，男子估計都去西邊的小型馬場了吧。」趙攸寧說完，意味深長地看了蕭灼一眼。「妳問這個做什麼？」

蕭灼眼神閃了閃，坐正道：「沒什麼，隨便問問。」

「隨便問問？」趙攸寧不懷好意地一笑，她才不信。

正好說曹操、曹操到，景潯和元煜正從殿外進來，路過她們身邊時，趙攸寧忽地開口道：「潯世子，你下午……唔……」

話未說完，便被蕭灼趕緊捂住了嘴。

不過景潯已經聽到了，停下腳步望過來。「怎麼了？」

蕭灼尷尬地笑笑，輕拍著趙攸寧的背。「無事，趙小姐方才噎著了。」

景潯旁邊的元煜噗哧一笑。

趙攸寧眨了眨眼。「……」

景潯也微微笑了一下，好在並沒有多問，看了一眼低著頭的蕭灼泛上粉色的耳尖，回過身繼續往自己的位子走去。

蕭灼鬆了口氣，放下捂在趙攸寧嘴上的手。

趙攸寧十分無辜。「怎麼了，妳不是想知道潯世子下午做了什麼？所以我就幫妳問問呀，怎麼還不樂意了？」

蕭灼欲言又止，想說又不知道該說什麼，只好瞪了她一眼，偏過頭去不說話了。

趙攸寧低頭一笑，知道她臉皮薄，不再逗她，給她倒了杯茶奉上，道：「好好好，我錯了，莫生氣。」

蕭灼看著桌上的茶杯，到底沒能硬氣下去，憤憤地拿過茶杯喝了一口。

趙攸寧見她這氣急敗壞的模樣，沒忍住又低頭笑了出來。

不遠處的梁婉看著這邊低聲笑鬧的兩人，指甲刮過桌面，發出一聲短促的聲響。

笑吧，看妳們還能笑多久！

過了一炷香時間，晚宴即將開始，眾人紛紛坐到自己的位子上，等著長公主過來。

可是時間一分一秒的過去，眼看著已經過了原先定好的時間，長公主卻一直遲遲未來。

眾人心中不由浮上疑慮，紛紛詢問張望，隨著時間的流逝，竊竊私語聲也越來越大。

直到過了快兩炷香時間，正待眾人準備出去找時，長公主才終於姍姍來遲，而且臉色凝重，眸中還隱隱帶著怒意。

一進殿，長公主便吩咐侍女將殿門關上，走到自己的桌前，將一枚小巧的藍色珠花放在桌上。

「這個是誰的？」

# 第三十三章

長公主將那枚珠花托在手中，好讓底下的人看得更清楚。

眾人聽長公主語氣中隱約含著怒意，一時大氣都不敢出，抬頭仔細看著那珠花的模樣，卻沒有人敢答話。

蕭灼距離長公主不遠，能將那枚珠花看得清清楚楚。是小巧的鳶尾花樣式，不是她的，可是卻又覺得莫名熟悉。

一旁的趙攸寧在桌子下輕拽了拽蕭灼的袖子，壓低聲音道：「阿灼，這不是妳中午行酒令時挑到的東西嗎？」

蕭灼猛然一驚。是了，她和趙攸寧原本互相拿對方的打算沒成，她就隨便取了個女子飾物，就是這枚珠花。可是她當時已經隱約些醉意，強撐著對完詩後，便將那珠花隨手放在桌邊，後來就沒再注意過了。

蕭灼抬頭看看那枚珠花，忽然有了些不太好的預感。

長公主看著底下半天沒有人說話，輕吸了口氣，道：「方才本公主去換衣服，發現原先放於妝匣中的紫玉墜不翼而飛。」

長公主說這話時，語氣已不似方才怒意畢現，但落在眾人心中，無異於一道驚雷。

長公主繼續道：「這紫玉墜子可是本公主出生當日父皇所賞，是哪個眼皮子淺的趁我不注意偷拿了去，還不快站出來！」

長公主畢竟是長公主，即使聲音不大，威嚴卻是十足。

底下的人紛紛低下頭，只敢拿眼睛覷著周圍的人，抑或在心底偷偷猜測。

「公主表姊莫氣。」這時候也就元煜面上的笑意依然不變。「這東西既然是放在公主表姊院中，說不準是院子裡的丫鬟沒眼色摸了去呢？」

長公主見是元煜開口，語氣好了些，道：「我何嘗沒想過？方才主院的丫鬟我已一一審過了。況且一來今日事忙，她們大多都在前院伺候，二來她們都是我從宮中帶出來的心腹，斷不可能做出這種事。而且……」長公主將手中的珠花扔到了桌子上。「這東西是我在房門外的角落裡發現的，估摸著定是那偷竊者遺留的了。」

一聽這話，底下的趙攸寧心中一緊，詢問地看著蕭灼。

蕭灼咬了咬唇。「那的確是我中午挑到的，但我當時迷迷糊糊的，不知放哪兒了。」

趙攸寧臉色微變，正思索間，一旁的梁婉站起了身，道：「公主殿下，阿婉瞧著這珠花倒是有些熟悉，今兒上午似乎在張家小姐頭上見過。」

眾人心中一驚，紛紛往張小姐那邊看去。

張小姐登時嚇得臉色慘白，忙從自己的位子上走出來跪下，哆嗦道：「公主殿下明鑒，那珠花原先的確是我的，可中午行酒令時已經被我作引，給蕭家三小姐拾了去，請公主殿下明察。」

長公主聽到蕭灼的名字，微微停頓了一下，隨即冷冷道：「蕭三小姐，張小姐說的可屬實？」

蕭灼額間隱隱滲出了細汗，深深吸了一口氣，走到中間跪下道：「回稟公主殿下，那珠花的確被我挑了去，只不過我當時隱有醉意，只記得將那珠花放在桌上，後來有沒有拿走便記不大清楚了。」

這話顯然使得嫌疑不減反增。梁婉輕笑道：「這可巧了，公主剛撿到，可巧妳就丟了。今日下午咱們都在前院，就蕭三小姐妳一個人在偏殿休息，偏殿又離公主殿下的主院近，莫不是三小姐認錯了路，所以誤遺落在那兒的？」

此話一出，底下的人紛紛想起下午大家都是三五成群遊園或在殿中看棋，唯有蕭灼從飯後就不見人影。而且偏殿就在主院旁邊，再加上這珠花……眾人頓時看蕭灼的眼神都變了。

趙攸寧起身，強忍著怒意道：「沒有根據的事情，梁小姐還是不要隨口胡謅為好。

今日人那麼多，誰什麼時辰做了什麼，哪裡分得清？再者阿灼那麼醉，直到方才我去叫她時才醒，其間我的丫鬟也一直留在那兒照顧，斷沒有出過偏殿。」

梁婉不屑一笑。「趙小姐和蕭小姐交好，自然幫她說話。不過趙小姐說的也不無道理，說不準不是蕭小姐，而是她的丫鬟手腳不乾淨也未可知呢？」

蕭灼聞言，忽地想起之前撞倒綠妍的那個丫鬟，再看看梁婉這一副明裡暗裡咬定就是她的嘴臉，心中恍然。

看來這是梁婉準備好要來栽贓陷害她的了。這一招可真夠狠的，姑娘家最重要的就是清譽，任誰家未出閣的姑娘若是揹上偷竊的罪名，這輩子出去都會被人指指點點。更何況偷的還是長公主的東西，說不準整個侯府都會被連累。

蕭嫵這時也有些坐不住了，沒想到梁婉竟然會鬧得這麼大。可是看看其他人一個個閉口不言，唯恐被牽連的模樣，她不想也不知該如何開口。

唯有她身邊的孟余歡一副看好戲的模樣，嘴角勾起一抹冷笑。

趙攸寧顯然也想到了這一層，臉色更加難看。

蕭灼深知此時千萬不能慌，暗暗穩住心神，深吸一口氣，冷靜道：「梁小姐這話說的，倒像已經認定了是我所為。可是公主殿下您想想，阿灼雖見識不多，也知道紫玉墜有多貴重，公主殿下必會好好封存，不會置於顯眼之處，而我第一次進公主府，卻能完美避開院中下人，還知道紫玉墜放於何處，如此未免太抬舉我了。」

長公主聞言，靜默了一瞬，這一點倒是她考慮得不周全了。

梁婉到底心虛，見長公主猶豫了，急躁道：「公主殿下，依阿婉來看，咱們如今都未踏出過公主府，不如挨個兒搜身，丫鬟、小姐都不要放過，定能搜個明白。」

管她怎麼狡辯，只要搜出東西來，就算是坐實了。

蕭灼一見梁婉急了，也知道自己的猜想對了，方才那個丫鬟定是乘亂將東西塞到綠妍身上了。

蕭灼回身看綠妍，卻見綠妍已經走上前來，跪到蕭灼身邊，手中拿著一塊小巧的紫色墜子，高舉上頭，道：「回稟公主殿下，紫玉墜在此。」

此言一出，底下頓時一片譁然。

「天啊，居然真的是她偷的！」

「是啊，沒想到安陽侯府嫡小姐身邊竟然會有這樣的丫鬟。」

「嘖嘖，有其主必有其僕……」

梁婉更是心中一喜，激動之情溢於言表。「看吧，我就說定是蕭灼的丫鬟手腳不乾淨，有其主必有其僕，丫鬟做出這種事來，和她主子也脫不了干係。公主殿下，今日這大喜的日子，蕭小姐竟然做出這種事，您定要嚴懲才是！」

「是啊是啊，公主殿下，這紫玉墜還是先帝所賜之物，膽敢偷盜，更要重罰才是。」

其餘人原本不敢確定誰是誰非，一見這東西真的在綠妍手上，原先與梁婉有些交情的小姐，紛紛站出來附和。

蕭灼手心滿是汗水，低聲道：「綠妍，妳……」

長公主原先聽到蕭灼說的話已經有些猶豫，見到紫玉墜真的在綠妍手中，著實吃了一驚，和緩的神色再度染上冷意。「果真是妳偷的？」

綠妍微微瑟縮了一下，道：「回長公主，並不是奴婢所偷，方才奴婢與小姐進殿前，無意中撞到了一個丫鬟，隨後奴婢便在身上發現了這個，想來定是有人故意為之，陷害我家小姐。」

趙攸寧也走了出來，跪下道：「確有此事，我也可以作證，請長公主明察！」

梁婉神色一滯，沒等長公主答話，便冷笑一聲，搶先開了口。「偷了就是偷了，還推脫說什麼陷害？簡直罪加一等！勸妳儘早認了，還能求長公主從輕發落！」

「閉嘴！」蕭灼怒道，既然確定是梁婉陷害的，那她也沒必要客氣了。「公主殿下還未說話，豈有妳開口的分？莫非是梁小姐心虛，急著捂嘴不成？」

梁婉一噎，漲紅了臉，看著長公主沈下去的臉色，強忍著住了口。

孟余歡看著梁婉恨不得自己代替長公主發落的模樣，心裡暗罵了一句：果真是個蠢貨，根本不懂什麼叫循循善誘，言多必失，再好的牌都能敗在她的沒腦子和藏不住情緒上。

果然，長公主見梁婉這一副急不可耐的模樣，也有了些狐疑，看著綠妍道：「妳說那個撞妳的丫鬟，可能找出來？」

綠妍點了點頭。「那丫鬟的模樣，奴婢認得，而且奴婢的指甲不小心在她的手腕劃了兩道紅痕，憑這兩點定能抓到那丫鬟。」

蕭灼聞言，驚喜的看著綠妍，怪不得綠妍敢直接站出來，原來是還留了這一招。

一旁的梁婉聽了這話，微微睜大了眸子，緊張地嚥了嚥口水。

還好還好，那丫鬟原是她帶來留在門外看馬車的，辦完事便打發她走了，根本不在府裡。

可沒想到，她這口氣還沒鬆完，便見一直沒有說話的景潯站了起來，道：「還請綠妍姑娘認一認，可是這個丫鬟？」

蕭灼一愣，偏頭朝景潯看過去，卻見景潯也正看著她，見她看過來，安撫地笑了笑。

蕭灼的心，莫名定了下來。

只見景溽轉身向他身後的沈遇吩咐了一聲。沈遇領命下去，不一會兒便帶著兩個人押了一個丫鬟走了上來。

梁婉一看那丫鬟，臉色登時白了。

那丫鬟嚇得渾身發抖，一上來就撲通跪在地上，不住磕頭。「公主殿下饒命……公主殿下饒命……奴婢再也不敢了，奴婢再也不敢了……」

景溽微微一禮道：「公主殿下，方才我進來時便見這丫鬟行為鬼祟，正要偷偷出府，問她話也是支支吾吾，便自作主張拿了她。原本預備著宴會散了再交給公主處置，現在看來怕是誤打誤撞了。」

蕭灼和綠妍看了看丫鬟，的確就是撞到她們的那一個。再看看梁婉發白的臉色，頓時心裡有了底。

看來這丫鬟的確是梁婉授意的沒錯。

長公主瞧了瞧那丫鬟，給身邊的貼身侍女紫月使了個眼色。「妳去看看。」

「是。」

紫月走到那丫鬟面前，蹲下身掀起那丫鬟的袖子，果然在手腕上看到兩條刮痕，還微微滲著血絲。

「稟公主，的確有傷口。」

話落，底下又是一聲輕微的抽氣聲。

長公主神色一凜，沈聲道：「妳是哪裡當差的丫鬟？可是妳偷了本公主的東西意欲嫁禍給蕭小姐？是否有人指使？妳最好一五一十的說清楚，本公主還可饒妳一命。」

這丫鬟哪裡見過這麼大的陣仗，只一個勁兒的抖著身子喊饒命。

這時，距離比較近的一位小姐看清了那丫鬟的相貌，疑惑道：「這個丫鬟，怎麼像是梁小姐府上的五兒？」

梁婉此時臉上的血色已經褪盡了，再不像方才那樣氣焰囂張，生怕有人注意到她。見這位小姐竟然認出她的丫鬟，身子猛地一顫。

「怎麼可能……這怎麼可能是我的丫鬟，我從未見過她！」

這話一出，五兒的哭求聲霎時停了，抬著頭，不可置信地看著梁婉。

「小姐，明明是您讓奴婢想法子將那玉墜放到蕭小姐或她丫鬟的身上，再立刻回府的。您還說事成後便會放奴婢自由，您怎麼能說不認識奴婢呢？」

梁婉徹底慌了。「妳胡說！我警告妳，莫要再血口噴人，推脫罪名，否則……」

長公主狠狠一拍桌子，殿中頓時安靜了下來。

長公主淡淡道：「是不是梁府的丫鬟，將人帶過去一問便知。阿婉，妳敢嗎？」

梁婉嘴唇顫了顫，雙膝一軟，跪在了地上。「我、我……」

長公主聲音陡然提高。「到底是不是妳做的？妳還不肯說實話麼？」

事到如今，梁婉終於支撐不住，低頭哭了起來。

「公主殿下，阿婉也是一時糊塗……」

「妳可知這是何等罪名？」長公主忍不住站起身，看著梁婉的眼神憤怒又失望。「妳何時變得如此狠毒，這樣隨意陷害他人？」

梁婉指著蕭灼，哭道：「還不是因為這個蕭灼！屢屢讓我出醜，如今連與我一同長大的公主殿下您都站在她那邊來訓我，阿婉不過是想讓您遠離她而已！」

「所以妳就想了這個法子誣陷他人？妳……」長公主簡直不知該罵她什麼才解氣。

梁婉邊哭邊膝行著往前爬了幾步，看著長公主求道：「公主殿下，阿婉知錯了，真的知錯了，以後再也不敢了，您就看在阿婉與您從小一起長大的分上，饒過阿婉這一回吧，阿婉保證絕不會再有下一次，求公主殿下開恩……」

長公主看著梁婉邊磕頭、邊祈求的模樣，偏過頭以手撫額，深深嘆了口氣，許久沒有說話。

底下的人見狀，心裡多少也犯起了嘀咕。

在座的這麼多人中，沒有幾個是真的與梁婉交好的，多是平日裡被梁婉明裡暗裡諷刺過的，自然都盼梁婉能得到懲罰。可是大家心裡也都知道，看長公主這猶豫的模樣，就算不看在與梁婉交情的分上，也會看在梁夫人泱國公主的身分上，八成是輕罰了。

想到此，眾人又不由得同情起還跪在中間的蕭灼。

就在這時，一道威嚴的聲音忽地從門外傳了進來——

「清兒若是心軟，便交由哀家來處置吧！」

話落，殿門被兩個小太監一左一右推開，一位衣著華貴的婦人在宮女和太監的簇擁下，走入殿中。

眾人抬頭一看，頓時跪了一片。

「拜見太后娘娘！」

# 第三十四章

「母后，您怎麼過來了？」

長公主忙起身走下來，行了個禮，走到太后身側，扶住太后的胳膊。

太后安撫地拍了拍長公主的手，先走到蕭灼身邊，親手將跪在地上的蕭灼扶了起來。

蕭灼顫了一下，抬頭看了太后一眼，又飛快地低下頭。

「好孩子，妳受委屈了。」太后將蕭灼的手攏在手心，微微偏頭看到蕭灼因為方才的事還有些發白的側臉，眼中滿是心疼。

過了一會兒，太后才慢慢收回手，由著長公主扶著往主位走去。

蕭灼將雙手掩於袖中輕攥了攥，不知為何，太后手上的溫度從她手中撤去時，竟有些不捨。

那快被她遺忘的夢境再次浮現於腦海，讓蕭灼的鼻尖發酸。

太后在殿中的主位上坐下，抬了抬手。「都起來吧。」

「謝太后。」

除了中間跪著的梁婉和丫鬟，其他人紛紛叩謝起身，一陣衣料摩擦的細微聲響過後，便再無人敢發出一絲動靜。

殿中一時落針可聞，比之前還要壓抑。

趙攸寧起身站到蕭灼身邊，兩人一起往旁邊退了一步，看著跪在地上的梁婉，再看看坐在上面的太后，趙攸寧向蕭灼投去詢問的目光。

蕭灼搖搖頭，意思是她也很意外，不過誰都能看出來的事，太后這態度，是要代替她懲處梁婉了。

其他人的想法也都差不多，期待也有，意外也有，更多的則是震驚。

這位蕭三小姐今日是怎麼了？連著被梁婉針對總能化解也就罷了，竟然先是長公主，後是太后，次次都能恰巧碰上，還都站在她那邊，這可是多少人求都求不來的待遇。

有幾位方才給梁婉幫腔的小姐更是滿心懊悔，默默的往後面縮，早知道就不為了討好梁婉多管閒事了。

長公主從丫鬟手裡拿過茶杯，奉到太后手邊。「母后，請用茶。」

太后點點頭，接過茶杯輕啜了一口，隨後放到桌上。眼神慢慢從眾人臉上一一掃過，最後定在梁婉臉上。

「虧得哀家今日不放心妳，所以一時興起，也來湊個熱鬧，否則還不知有人敢如此大膽，仗著家世、人脈高人一等，就敢為一己私怨栽贓陷害，連長公主都能算計進去，真是好大的膽子！」

太后聲音不大，只最後一句微微加重了語氣，卻與上次在御花園中那慈祥溫和的語氣判若兩人，滿含著上位者獨有的威壓。

底下的人紛紛將頭壓得更低，同時也在心中暗嘆，梁婉這次怕是真的完了。

梁婉此時早已嚇得面無人色，方才求情的話也都卡在喉嚨裡，整個人跪在地上抖如篩糠，甚至在心裡祈禱自己不過是在作夢。

只可惜事實很快便打破了她的幻想。

太后目光銳利的看著梁婉，道：「哀家來得早，事情的經過，哀家已經在門外聽清楚了。梁婉，妳還有什麼好說的？」

梁婉身子一顫，嗚咽一聲，連連磕頭。「太后饒命，是臣女一時糊塗，走錯了路子，請太后開恩，饒過臣女這一回吧……」

「饒了妳？」太后冷哼一聲。「妳做出這事時，可想過後果？也怪哀家識人不清，竟讓妳這樣品行的人做了公主的伴讀，不過還好，如今發現得也不算太晚。清兒不忍處置妳，那是她重情心軟，可不是護妳用來為非作歹壯膽子的。」

太后微微提高了聲音。「傳哀家旨意，梁婉偷盜公主府財物，意欲嫁禍他人，本應死罪。但念在其父戰功及其侍奉長公主多年的分上，死罪可免，活罪難逃，著杖責二十，送回梁府禁閉三個月，以後再不得入公主府。至於這個丫鬟，念在其是受人指使，杖責五十，發賣了吧。」

梁婉渾身一震，求饒聲戛然而止，猛地癱坐在地上。

長公主看著梁婉失了魂似的模樣，有些於心不忍，求情的話在口中欲言又止。可是一想到梁婉方才的所為，到底還是沒有說出口。

罷了，這已經算是從輕發落，就當給她一個教訓吧。

侍衛很快便上來將癱坐在地的梁婉和那丫鬟拖了下去。

梁婉被侍衛拖了一小段路才想起要掙扎，哭著求長公主給她求求情。

長公主閉了閉眼，偏過了頭。

眾人看著梁婉被拉出去的呆滯模樣，倒抽了一口氣，往後瑟縮著。

而後面幾人離得遠的，卻是咬著唇，慢慢紅了眼眶，一臉痛快。

她們幾個曾受過梁婉欺負，因為家世不高，一直默默忍受，從不肯出風頭。如今梁婉終於得到懲罰，簡直大快人心。

直到梁婉的聲音漸漸遠去，殿中才再度恢復平靜。

太后又輕啜了一口茶，轉頭看向一旁站著的蕭灼，朝她招了招手。

事情轉變得太快，蕭灼還有些愣神，低著頭沒有看見。

旁邊的趙攸寧見她不動，用手肘碰了碰她。蕭灼這才注意到太后的動作，忙低著頭走了過去。

太后臉上已經換上了笑意，又看向趙攸寧，道：「妳也過來。」

趙攸寧一驚，確定太后是在叫她，有些不知所措的眨了眨眼睛，不敢多問，跟著蕭灼走了過去。

其他人的目光也默默地跟了過去，羨慕地看著兩人。

兩人一左一右站到太后身前，微低著頭，等著太后說話。

太后不動聲色的看著蕭灼的眉眼，許久後才緩緩轉向一旁的趙攸寧，笑道：「妳是趙太史家的小姐？」

趙攸寧恭敬行了個萬福。「回太后，臣女是。」

太后讚賞的點點頭。「也是個好孩子。」隨後轉向她身後的侍女道：「雲息，去將哀家帶來的那只玉鐲子拿來。」

雲息應聲而去，不一會兒便拿著一個精緻的木盒回來，送到太后手邊。

太后拿過那個木盒，遞給趙攸寧，笑呵呵道：「今日之事，妳們倆受委屈了，這只鐲子哀家便賞賜給妳，就當是給妳壓壓驚了。」
趙攸寧連忙跪了下去。「太后厚愛，臣女愧不敢當。」
太后輕輕嗯了一聲，似有不悅。
趙攸寧一驚，忙惶恐地接了過來。「多謝太后賞賜。」
太后這才滿意地笑了笑，轉頭看向另一邊的蕭灼，將自己手上的一只翡翠鐲子褪了下來。
一旁的長公主見太后這動作，心中一驚。這只翡翠鐲子她認得，是太后的陪嫁之一，太后十分寶貝。
長公主驚疑不定地看看太后，再看看蕭灼。上次賞花宴，她便知道母后對這位蕭三小姐很是偏愛，不止一次和她說過，等她出宮後得多看顧看顧。當時她只覺得是因為喬姨的緣故，可是如今看來，未免也太過了些。
長公主心中存疑，不過現在顯然不是詢問的時候，只好先將疑惑放在心裡。
太后將那翡翠鐲子放在手中撫摸了一下，然後親手拿過蕭灼的手，作勢便要替她戴上。
這一舉動著實將蕭灼駭得不輕，手腕一緊想抽回來，卻又被太后的眼神給阻擋回來。

太后輕扶著蕭灼的手腕，將那只玉鐲緩緩戴了上去。

「哀家今日來得急，就帶了一只玉鐲，便賞妳這只翡翠鐲子吧。」

蕭灼咬了咬唇，強忍著心中再次湧上來的微微酸澀，福了福身，道：「謝太后賞賜。」

底下的人雖然低著頭不敢說話，可眼神和心思無一不是關注著太后那邊。看太后又是誇、又是賞的，個個眼紅得抓耳撓腮，恨不得時間倒退一個時辰，自己也上去護著這位蕭小姐，說不準也能沾沾光。

其中臉色最難看的，莫過於蕭嫵和孟余歡了。

蕭嫵手中的手帕都快被絞爛了，恨不得此時她手中捏的就是蕭灼。

怎麼會這樣？她想討好長公主都得費盡心思，還進展緩慢，她卻這麼容易就得了太后的賞賜。

那可是太后，多少人想巴結都找不到門路，以後蕭灼必定更是高人一等，誰還會注意到她？若是蕭灼在太后面前說她一句，那她豈不是就完了？

孟余歡比她也好不了多少，甚至還多了失去梁婉這個表面棋子的惱怒。

她早就知道以梁婉這個腦子，八成成不了事，也不知道蕭嫵發什麼神經，非要挑唆梁婉，這下好了，果然偷雞不成著蝕把米。

想到此，孟余歡忽地皺了皺眉，想到今天下午蕭嫵迎合長公主的種種表現，心中微微一動。

莫非，蕭嫵的目的根本就是想除掉梁婉？

# 第三十五章

賞賜完兩人，又誇獎了兩句，太后才讓兩人回到自己的座位，看著眾人道：「今日之事算是以儆效尤。妳們都是高門貴女，代表的不僅僅是自己，更是整座府的名聲，應當懂得什麼事該做，什麼事不該做，哀家不希望以後再聽到類似的事情發生。」

眾人齊聲應道：「謹遵太后教誨。」

太后滿意地笑了笑。「行了，快開席吧，今日是清兒入府的好日子，別讓這些骯髒事壞了大家的興致。大家怎麼玩樂就怎麼玩樂，別因為哀家在就拘謹了才是。」

飯菜早已經準備好，只等長公主吩咐一聲便陸續端了上來，另外為了以防萬一，還提前安排了歌舞，此時倒是正好派上用場。

輕歌慢舞間，方才沈悶壓抑的氣氛總算消散了一些。

待氣氛逐漸歡快起來，眾人的目光不再只落在蕭灼和趙攸寧身上，兩人才總算是徹底鬆了口氣。

趙攸寧拍著胸口。「哎喲，這一頓飯吃的，可真是一波三折。不過還好惡人自有天收，這個梁婉心思如此歹毒，只可惜只有臉沒有腦子，我看她以後是徹底囂張不起來了。」

偷盜本就是大罪，更何況還是在長公主府，是太后親自下的命令，就算三個月後梁婉出了禁閉，即使別人顧忌她的家世不敢重提，這也成了她甩不去的污點，估計再翻不起什麼風浪了。

趙攸寧雖高興惡有惡報，但見昔日那樣風光的人因為一步踏錯，便自此一落千丈，到底是有些唏噓，輕聲嘆了口氣，卻見一旁的蕭灼始終不吭聲，有些奇怪地往蕭灼那邊側了側身。

「阿灼，怎麼了？」

蕭灼正撫摸著手上的翡翠鐲子微微出神，腦海中全是夢中的場景，鼻尖還忍不住微微發澀。

聽見趙攸寧問話，蕭灼忙吸了吸鼻子，抬起頭。「沒怎麼，就是覺得這一晚發生的事太多了，也太出乎意料了。」

趙攸寧深有同感。「可不是嗎？」說著拿起手邊的木盒，到現在還有些不敢相信。「我的天，這可是太后賞的玉鐲，沒想到有一天我竟然能拿到太后賞賜的東西，我瞧這周圍的人，怕是都嫉妒瘋了。」

蕭灼笑笑。「其實我也沒想到。」

趙攸寧抬頭看了看周圍，又湊近了些。「阿灼，我覺得太后對妳未免也太好了些，雖然是賞了咱們兩個，但我心裡知道，我不過是順帶。說不準這盒子裡的玉鐲，本來是準備給妳的，不過剛好看到咱們倆關係好，所以讓我沾了光，再給了妳她手上這個。妳是沒看到長公主看太后褪下這鐲子時的眼神，就跟見鬼了似的。」

蕭灼伸手拍了她一下。「別瞎說，那可是長公主，被人聽見了可怎麼好？」

不過蕭灼也有些驚訝，她方才從頭到尾都低著頭，倒是真沒注意。

趙攸寧繼續道：「真的，我沒誇張，還有太后方才瞧妳那眼神，憐愛得不行。哦，對了，說到這個，我倒想起了一件事，上次在宮裡的賞花宴，我不是坐在妳對面嗎？上次我就注意到幾次，太后瞧妳的眼神格外不同，只不過妳一直在吃點心，沒在意。」

蕭灼心中一動。「妳當時怎麼沒和我說？」

「我本來想和妳說。」趙攸寧說到這兒，有些不自然地小聲道：「後來皇上、煜世子、潯世子來了，我光顧著看人，就給忘了。」

蕭灼無語地看著她，果然見色忘義不是白說的。

趙攸寧眨眨眼，搖了搖蕭灼的手臂。「現在我不是想起來了嗎？也不晚。」

趙攸寧道：「說真的，就長公主和太后那眼神，說是因為妳娘親的緣故，而對故人之子的憐惜其實也能說得過去，但我總覺得太過了些。妳說，為什麼呢？」

蕭灼咬了咬唇。她想，她應當是知道原因的。可是，若是真的，那究竟是為何呢？從娘親、爹爹、府中下人還有她的記憶來看，她確定自己打出生起就是在安陽侯府長大的，這其中到底有什麼緣故呢？

蕭灼百思不得其解，卻也知心急無用，也許等時機一到自會解開。

她微微嘆了口氣，將翡翠鐲子往袖中掩了掩，端起面前的茶杯，喝了一口。

茶水還未嚥下去，趙攸寧忽地想到什麼似的，壓低聲音道：「阿灼，妳說太后不會是看中了妳漂亮又聰明，還有妳娘親的關係，所以想來個親上加親，讓妳進宮吧？」

「咳咳……」蕭灼一口茶噴了出來，低著頭猛地咳嗽起來。

趙攸寧趕緊拍著她的背替她順氣。「小心點，怎麼嗆著了？」

捂著嘴悶咳幾聲，蕭灼拿手帕擦了擦嘴角，瞪了趙攸寧一眼。「怎麼可能，妳別胡說。」

「怎麼不可能？」趙攸寧倒覺得有幾分可信。「妳想想，上次賞花宴，不就有人傳是太后要給皇上選妃？我看那些人裡就數妳長得最好看，說不準就瞧上妳了呢。」

蕭灼白了她一眼。「得了，我就當是妳誇我了。但是都過了快兩個月了，要選早抬進去了，傳言總歸是傳言，不可信。好了，妳別胡思亂想了，絕對不可能。」

趙攸寧想想也是，勉強放下了心道：「也是，那我就放心了。」

蕭灼看看她。「妳怎麼好像很排斥進宮這件事？據我所知，世家女子極少有不想進宮的，而且當今聖上如今剛及冠，長得又十分俊美，妳上次不還偷看來著？」

趙攸寧撇撇嘴。「我那是對於美好事物的欣賞，好看的人我都喜歡看，但是我的終身大事可不能單看臉來決定。而且進宮雖然能享受榮華富貴，光耀門楣，卻也有數不清的束縛和凶險，我這種心大閒不住的性子，讓我進宮還不如讓我死了算了。

「不過這只是我的想法。」趙攸寧補充道：「除了佑安，我就和妳最好了，妳要是進了宮，出不來，那我豈不是會太寂寞？不過以我對妳的了解，估計妳也沒那想法，更何況……」

趙攸寧說到這兒，忽地停了下來，朝景溽那邊眨了眨眼。

蕭灼頓時臉一紅，伸手去撓她癢。「妳再胡說，讓妳再胡說！」

「哎喲，沒有沒有，我不說了，不說了！」趙攸寧笑著閃躲，見蕭灼真的臉紅了，忙停下打趣，轉移話題，將後面的綠妍拉了過來，道：「對了，還有件事咱們倒忘了說，今兒這事，綠妍可是幫了大忙，要不是綠妍在那丫鬟身上留了痕跡，咱們就真的說不清了。」

這倒是真的，綠妍今日的做法的確讓蕭灼驚喜了一把。

蕭灼瞪了趙攸寧一眼，倒了一杯酒遞給綠妍。「綠妍，今日妳可是立了大功，回去我定好好賞妳。」

綠妍忽地被拉過來，有些不好意思，道：「其實奴婢也是在梁小姐說要搜身時才覺得不對勁，在腰間摸到那玉墜時也嚇懵了。幸好想起了還有這一遭，想著主動交出再查那丫鬟，總比被搜出來百口莫辯好，所以才大著膽子說了。說到底還是潯世子幫了大忙才是。」

趙攸寧輕嘖了一聲，說來說去，話題還不是又回到了景潯身上。

不過這是事實，蕭灼無法反駁。

蕭灼悄悄抬頭往景潯那邊看了一眼，就見景潯不知和太后說什麼，臉上笑意清淺。

方才景潯起身讓人帶那丫鬟上來時，似乎對她笑了一下。

還有在靈華寺那回……

似乎每次自己遇上什麼事，景潯總能幫到她，自己這人情欠得也越來越多，不知該怎麼還才好。

更何況，她現在一靠近景潯，就想起爹爹和她說的兒時的事，再一想自己記得不深還好，景潯可是記得清清楚楚，就更……羞恥了。

趙攸寧看著蕭灼這模樣，偷偷笑了一下。知道蕭灼臉皮薄，沒再打趣，正經提議道：「說真的，這可是一個不小的人情。我前些日子聽說城南新開一家叫『臨江軒』的蘇菜館，聽說味道十分不錯，我正想找個時間去嚐嚐，要不咱們倆作東請客，好好答謝答謝？」

蕭灼抿了抿唇，主意倒是好，但是景潯瞧著就不大愛熱鬧，不知道能不能請得動。雖然景潯已經幫過蕭灼好幾次忙了，而且蕭灼也知道景潯並不像他外表看起來那麼冷淡，但不可否認的是，蕭灼一到景潯面前就不由自主的緊張，話都不敢多說，萬一又犯傻可怎麼辦？

正猶豫間，趙攸寧忽地輕輕碰了碰她。「阿灼，有人過來了。」

蕭灼抬頭，卻見坐在蕭嫵身邊的三位小姐，正互相推搡著往蕭灼這邊走過來。

蕭灼仔細認了認，正是先前給梁婉幫腔，讓長公主快些處置她的那幾個人。

趙攸寧雙手環胸，微微偏頭，「呿」了一聲。

為首的那位小姐看見趙攸寧的表情，尷尬地笑了笑，但還是鼓足勇氣，將手中的酒杯遞到蕭灼面前。「蕭三小姐，方才是我一時豬油蒙了心，失言了，還請妳大人有大量，莫要放在心上才是。」

# 第三十六章

蕭灼抬頭，認出這位似乎是禮部張侍郎家的大小姐，也是除了孟余歡外，在梁婉身邊蹦躂得最歡，方才幫腔幫得最快的那一位。

蕭灼的眼神從張小姐尷尬又帶著期待的臉上掃過，慢慢落到她手裡的杯子上。

這麼快就來賠罪了？

後面兩位小姐見有人帶頭，膽子也大了起來，上前一步附和道：「是啊是啊，方才的確是我們太不穩重，也沒想到梁小姐竟會做出此等栽贓陷害之事。而且我們以前對蕭小姐接觸不多，這才聽風就是雨，說出那些話來。不過我們已然知錯了，還望蕭小姐不要心存芥蒂才是。」

蕭灼轉頭看了看趙攸寧，趙攸寧聳聳肩，一副「妳自己決定」的意思。

對於交際，蕭灼一向不太擅長，一方面是久不出府的緣故，另一方面也是因為蕭嫵和孟余歡有意無意擋在前面，後來又來了個梁婉，大家怕得罪梁婉，不僅更不敢主動與她交好，背後怕也跟著梁婉詆毀過她。

不過蕭灼的性子本就不屬於熱絡那種，她認為友貴於精，有趙攸寧和蘇佑安兩位好友便夠了，其他人的嘴她管不了，索性就不在意了。
　　沒想到竟然還有這些人主動向她示好道歉的一天。
　　蕭灼深知不過都是因為今日太后和長公主對她的態度，心裡對這幾人見風使舵的行為有些不齒，不過表面功夫還是要做的。
　　蕭灼起身，沒有接過為首那位小姐手中的杯子，而是拿起自己面前的那杯果酒，雙手平舉道：「幾位姊姊也是想為長公主分憂心切，況且如今真相已經水落石出，我也未受冤枉，自然不會放在心上。」
　　蕭灼仰頭喝下那杯酒，道：「阿灼酒量不佳，只能喝這一杯，還望幾位姊姊見諒。」
　　幾人連忙擺手。「不會不會，天色漸晚，少喝些酒是好的。」
　　蕭灼笑笑，放下酒杯，正準備坐下，卻見這三人還站在原處不走，疑惑道：「幾位姊姊可還有事？」
　　三人互相看了看，猶豫半晌，最終還是張小姐鼓起勇氣開了口。「是這樣，早聽聞蕭三小姐才貌雙絕，通曉詩書，再過幾日有京中世家小姐自發舉辦的詩會，也是趁這大好春光一起熱鬧熱鬧，不知三小姐可有興趣參加？」
　　聽了這話，一旁的蕭嫵倏地捏緊了杯子。

曾幾何時，她也聽過一模一樣的話。

這個詩會一早便有，其實說是詩會，實際上與這些宴會差不多，區別只在於是這些世家小姐自發集結的，且多是高門嫡女。

蕭嫵以往多是靠著孟余歡才能進去，後來娘親開始主理府中事務，她才得以在這些以嫡為尊的世家小姐面前被高看一眼。

直到去年大夫人離世，侯府後院管家之權徹底落入娘親手中，那些以往因她庶女身分而暗自嘲笑的人，才都不約而同的閉了嘴。

當時也是這位張小姐來邀請她的，連說的話都一字不差。蕭嫵永遠也忘不了那種被人追捧、萬眾矚目的感覺，沒想到這才過了多久，就全都變了。

蕭嫵的小動作，蕭灼並未注意到，這個詩會她從未聽說過，而且也沒有興趣。

蕭灼佯裝思考了一番，客氣道：「謝謝張小姐邀請，不過我方才先應了攸寧的邀約，怕是時間騰不出來了。」

趙攸寧知道蕭灼提到自己，便是要自己幫忙的意思，站起來笑道：「是啊，這倒是不巧了，不過只要得空，我與阿灼一定去。」

話雖這麼說，但張小姐也聽出這是委婉拒絕的意思了。

張小姐看了旁邊的人一眼，不好再問，略微尷尬地點了點頭，回到自己的座位。

蕭灼和趙攸寧也坐了回去。

趙攸寧道：「看見了吧，這就是我不願意和這些小姐打交道的原因。一個個見誰得勢就急著往前攀，嘴裡沒一句真話。先前捧梁婉捧得跟什麼似的，轉頭就開始踩。現在面上巴結妳，背地裡指不定怎麼說呢。」

話未說完，趙攸寧忽地瞥見一旁孟余歡和蕭嫵的臉色，繼而笑了笑。「不過人雖然不是什麼好人，倒也不是全無用處。」至少夠打這兩人的臉了。

蕭嫵和孟余歡故意挑起梁婉和蕭灼的衝突，不就是想藉著梁婉的關係，讓別人都疏遠蕭灼？可是如今這情形，不但沒有如她們的意，反而恰恰相反。孟余歡和蕭嫵回去後怕是氣得都睡不著覺了。

前面一句蕭灼聽懂了，後面一句卻有些不大理解。「嗯？」

趙攸寧收回思緒，道：「沒什麼，我是說如今大家都知道妳與太后、長公主交好，來親近妳的定然不只她們幾個，妳可得做好準備。」

果然如趙攸寧所說，方才那三人過來時，其他人狀似不在意，其實都在偷偷看著。見蕭灼對這幾人都客客氣氣的，膽子都大了起來。

宴會的後半段，陸陸續續有人結伴過來攀談，還有不少人想邀蕭灼和趙攸寧一同出行。

蕭灼與這些人並不相識，自是不慍不火地用幾句話委婉回絕，唯有最後來的兩位小姐聊得久了些，原因是她們並不只是攀談，而是來道謝的。

其中一位是林長史家的林小姐，另一位則是陪她來的。

林小姐過來時便已雙目通紅，啞聲道：「蕭小姐，趙小姐，可否借一步說話？」

蕭灼有些不明所以，但見林小姐的模樣，似乎真的有話要說，想了想還是和趙攸寧一起往不遠處的立柱後走了兩步。

剛剛立定，林小姐便深深給蕭灼行了一禮，若不是不遠處還有人，蕭灼懷疑她簡直要給她下跪了。

蕭灼和趙攸寧忙將她扶起，道：「林小姐這是為何？」

林小姐抬頭看著兩人，開口時，嗓子有些微微發啞。「我是來替我表姊一家感謝蕭小姐和趙小姐的。」

「表姊？」蕭灼目露疑惑，她與這位林小姐並不認識，更何況是她的表姊。

誰知林小姐卻肯定的點了點頭，看著趙攸寧道：「趙小姐可還記得，去年剛遷來京城的官員家的小姐，差點被梁小姐推進水中的事？」

趙攸寧本來也有些茫然，聽了這句話才恍然道：「當然記得，原來那位孟小姐就是妳的表姊？」

蕭灼也想了起來，這事趙攸寧在來公主府的路上和她說過。

林小姐「嗯」了一聲，眼中淚意更甚。「當日多虧趙小姐出手相助，才救我表姊出困境。可是我表姊自小體弱，膽子又小，被那樣羞辱後回去就病倒了，好了以後也是日夜夢魘，不敢出門。姨母無法，才給她定了一門親事，送離京城，可惜還是沒能讓表姊好起來，在今年年初……離世了。」

林小姐說著，終於忍不住落下淚來。

不過這是長公主的宴席，林小姐怕被人看到會有麻煩，所以也不敢哭出聲，趕忙擦了擦淚，道：「姨父官職不高，梁婉那樣的人家得罪不起，也只能忍下這口氣。所以今日看到梁婉得了懲罰，我真的很高興，雖然不是替表姊伸冤，依然萬分真誠的感謝兩位。

「還有方才，其實我也覺得此事蹊蹺，說不準是梁婉故意為之，但是我身分低微，所以不敢出來幫蕭小姐說話，真的對不起。」

蕭灼和趙攸寧對望一眼，惋惜地嘆了口氣。

蕭灼伸手握住林小姐的手，寬慰道：「沒關係，若我和妳立場交換，我也不敢護一個未曾相識的人，這並不是什麼錯事。」

林小姐抬頭，感激地看著蕭灼。

蕭灼笑了笑，繼續道：「至於孟小姐的事，我也是聽說。梁婉仗著她的身分做的那些事，不是不報，時候未到，如今也是她咎由自取，相信孟小姐和孟大人都會欣慰的。不過若是謝我的話，我倒有些白受了，或者妳可以嘗試自己告訴長公主？」

「告訴長公主？」林小姐睜大了眼。「長公主會信嗎？」

蕭灼道：「其實長公主人很好的，妳看今日這事，她不也沒冤枉好人嗎？以前那是在宮裡，外頭的事也沒人往宮裡傳，這才讓梁婉狐假虎威那麼長時間，如今只要是事實，當然可以去說，長公主自會查明處置的。」

林小姐聞言，眼睛瞬間亮了亮，笑著點了點頭。「嗯，那我試試。」

蕭灼補充道：「不過今日事情已經夠多了，就不要說了。或許可以找個機會，和以前也被梁婉欺負過的人一起去說，可行性更大一些。」

林小姐點頭，福了福身。「多謝蕭小姐。」

畢竟還在席中，不能離開太久，林小姐說完這句，再三道了謝，兩人便趕緊回到自己的座位。

蕭灼和趙攸寧也回到席上。

趙攸寧一手撐著頭，跟瞧著什麼稀罕物似的上下看著蕭灼，末了輕嘶了一聲，低聲道：「阿灼，我怎麼覺得方才妳那番話，不像是單純做好事，也不像是要梁婉惡有惡報，倒像是為了給長公主搏名聲似的？」

蕭灼眨了眨眼。「有嗎？沒有啊，我就是這麼隨便一說。」

趙攸寧瞇了瞇眼。「我可不信，不過看在妳這法子不錯的分上，我就不追問妳了。」說著，趙攸寧伸手揉了揉腰。「也不知這宴會什麼時候結束，我都睏了。」

見趙攸寧果真沒有追問，蕭灼才小聲鬆了口氣。

誠然，趙攸寧猜對了。

從午宴到晚宴她也看出來了，各家小姐想與長公主打好關係，全都只是因為身分，想著能使人高看一等，辦事便利，其實私底下對長公主評價並不很好，她午宴前就偶爾聽過幾嘴。至於原因，大多是因為梁婉藉著長公主伴讀的名義做的那些事，而長公主因為不知情，所以沒去管，反倒被誤會是助紂為虐。久而久之，大家對長公主自然只剩下畏懼、害怕。

雖然長公主身分擺在那兒，無須太在意別人對她的看法，但蕭灼一想到有人在背後說長公主縱容、包庇，就十分不舒服。

所以她才會讓林小姐直接去找長公主，數樣事下來，長公主定不會不管，對於牽扯其中的人也定會安撫，這樣一來，大家就不會把梁婉做的事放到長公主頭上了。

蕭灼為自己的機智，滿意地豎了豎大拇指，抿唇笑了起來，露出兩個小梨渦。

這副模樣完全落入不遠處的景潯、太后和長公主眼中。

前者面上表情並無太多變化，掩於袖中的手卻微不可察地緊了一下，低頭飲下了一杯酒。

而太后則是笑意更深，眼神更加憐愛。

長公主早注意到太后的眼神，終於忍不住開口道：「母后……」

太后回過頭來，了然地拍了拍長公主的手。「哀家知道妳要問什麼，等宴席散了，哀家就告訴妳。」

晚宴直到酉時末才將將散去，因著長公主和太后還有體己話要說，宴散後便未多留，只吩咐丫鬟將眾人好生送出門。

趙攸寧早想要走了，一說散席，便緊著往殿外走，走了兩步卻見蕭灼還不疾不徐地走在最後，奇怪地退了回來。

「怎麼了？還有什麼事沒辦好？」

蕭灼輕輕瞥向另一邊被太后留下說著話的元煜和景潯，臉紅了紅，附耳過去在趙攸寧耳邊說了一句話。

趙攸寧聽完，挑眉看著蕭灼，忍笑道：「行，我陪妳一起。」

天早已經黑了，兩人刻意放慢步子走到公主府門口時，其他人都已經上了馬車啟程回去了，門口只剩下零星的幾輛馬車。

沒過一會兒，便見景澪和元煜一前一後走了出來。

趙攸寧輕推了推蕭灼。

蕭灼深吸了口氣，袖中的手指緊緊攥了攥，在景澪踏出府門時，抬腳走了過去。

# 第三十七章

「潯世子，請留步。」

蕭灼攥著衣角，儘量穩著聲音道。

景潯停下腳步，看著走上前來的蕭灼，眉梢微微挑了一下，似乎有些驚訝她還沒有走。

蕭灼抬頭，看著景潯在夜色下似帶著點點星光的眸子，嚥了口口水，十分慶幸天色昏暗，看不到她有些發熱的雙頰，屈膝鄭重的行了個禮。

「今日之事，潯世子又幫了我一回，阿灼感激不盡。」

景潯垂在身側的手動了動，卻又眼神一暗，遏制住想去扶她的念頭。

「無事，巧合罷了。」聲音無波無瀾。

蕭灼咬了咬唇，繼續道：「不論怎麼說，今日都多虧潯世子。為表答謝，我……」

不知怎麼的，方才明明已經打好草稿的話，卻在景潯的注視下，反而說不出口了。

趙攸寧在一旁乾著急，見蕭灼「我」了半天也沒說出來，恨鐵不成鋼地嘆了口氣，走了過去。「是這樣的，聽說城南那邊新開了一家蘇菜酒樓，味道很好，我和阿灼想請潯世子一道去嚐嚐。」

「對。」蕭灼忙附和。「不知潯世子後天可有空閒？」

蕭灼說完，面上雖是淡淡地等待回覆，但是交疊於身前的手，卻已經不安地打起了轉。

習武之人，夜視能力都是極好的，蕭灼的小動作，自然逃不過景潯的眼睛。

看著蕭灼緊張的小動作，景潯嘴角的弧度不斷上揚，但是笑意還未達眼底，便又迅速消散下去。

景潯掩在袖中的手握緊又鬆開，慢慢笑了一下，正要開口，後面卻先他一步傳來一道十分欠揍的聲音。

「那敢情好，我正想去吃來著，後天也帶上我一個吧！」

說話的人正是元煜。

到了晚間已然不熱，但元煜還是一如既往地拿著那把摺扇搖啊搖，走過來輕撞了下景潯的肩膀。

「我記得荊州的案子已經了結得差不多了，你最近正閒著，剛好有人請客，還是佳人相陪，當然得去。」

景潯。「……」

他現在真的很想給他一拳。

但是看到蕭灼忽地亮起來的眼神，景潯那違心的拒絕便再也說不出口。

蕭灼忍住即將蔓延開來的笑意，也不在意多了一個人，屈了屈膝。「既如此，那就後天巳時末臨江軒見。」

趙攸寧倒是不想答應得這麼快，略微皺眉看著元煜，可蕭灼說完便似生怕他們反悔似的，趕緊拉著趙攸寧道了句告辭，轉身默默加快了步子，上了馬車。

兩人來時便是同乘一輛，回去自然也是一樣。

直到上了車，放下簾子，馬車緩緩駛離，蕭灼才捂著胸口，長長出了一口氣。

趙攸寧雙手環胸，靠在車壁上，一臉玩味地看著蕭灼。

「我說阿灼，這回可真不是我瞎說，妳瞧妳之前在公主府，那麼能言善辯，臨危不亂，怎地一見到潯世子，就跟老鼠見了貓似的？」

蕭灼輕撫著胸口的手微微一滯。「有嗎？」

「當然有！」趙攸寧肯定道：「就連今日差點被誣陷為竊賊，妳都沒這麼緊張過，還有……」趙攸寧忽地湊到蕭灼近前。「妳的臉為什麼這麼紅？」

蕭灼忙伸手揉了揉臉，往後退了退，乾笑一聲。「是嗎？大概是晚上也喝了些酒的緣故吧。」

趙攸寧才不相信，一手摸著下巴，看著蕭灼微微顫抖的眼睫和躲閃的眼神，表情逐漸嚴肅，壓低聲音道：「阿灼，今日我說妳和潯世子那些話，都是打趣來著，不會……真叫我說中了吧？」

蕭灼呼吸一滯，像是被戳破了什麼心事般，下意識搖頭。「怎麼會，妳想多了。」許是蕭灼拒絕得太快，趙攸寧這回倒是沒察覺出蕭灼語氣裡的緊張和底氣不足，十分贊同地點了點頭。「也是，潯世子那樣的，模樣是真的挑不出一點錯，又是朝中新貴，的確讓人忍不住側目，可就是性子太過冷淡疏離了些，看著就不好相處，欣賞欣賞就行了。」

沒想到趙攸寧竟真的信了，蕭灼心中又莫名有些後悔，嘴唇囁嚅了一下，想說不是的，景潯根本不像表面上那樣冷淡，人家都幫了她不止一次了。而且他們兒時就相識，人家到今日連她的小名都記得，可見並不如表面上那麼冷漠疏離。

可惜這話她是決計不敢說的，說出來就更說不清了。

最終，蕭灼還是沒反駁出什麼來，又覺得心裡沒來由的憋悶，轉移話題道：「好了，別瞎說些有的沒的了，我頭有些暈，在車裡先瞇一會兒。」

趙攸寧今天是徹底見識到了蕭灼的酒量，雖然蕭灼晚上只喝了些果酒，她都沒有懷疑這話，從暗格裡拿出一條毛毯。「蓋上，夜裡多少有些風，別著涼了。」

蕭灼接過，將毛毯披在身上，靠著車壁閉上眼。

趙攸寧不像蕭灼中午時還休息了一會兒，此時瞧著蕭灼閉著眼的模樣，倒真來了些睡意，懶懶地打了個呵欠，也披了條毯子，閉眼睡了過去。

與此同時，孟余歡正坐在蕭嫵的馬車上，想著今晚的事情，眉眼俱是冷厲。

今晚梁婉做的事，起因就是蕭嫵激的那幾番話，結果偷雞不著蝕把米，反讓蕭灼出盡了風頭，特別是她猜到蕭嫵真正的目的後，更是怒從心頭起，說話也不再客氣。

「蕭嫵，我問妳，今日妳和梁婉說那些話，其實根本不是利用梁婉去對付蕭灼，而是早猜到梁婉不能成事，想讓她失去長公主的信任，好乘機上位，是不是？」

蕭嫵也憋了一晚上，正有氣沒處撒，見孟余歡看出來了，索性不再隱瞞，冷笑一聲。「是啊。梁婉那個沒腦子的，空有一副好皮囊，仗著自己有個好家世，為所欲為，狂妄自大，一副誰都不放在眼裡的模樣，我早看她不順眼了。」

孟余歡不可置信地看著她。「果然，我就說妳的棋藝怎麼進展如此飛快，合著早就想著怎麼討好長公主了。」

蕭嫵挑了挑眉，道：「別說我了，妳不也是嗎？妳表面那麼捧著梁婉，心裡何時真的看得起她？妳坐在她旁邊，不也是想藉著她將妳引薦給長公主嗎？」蕭嫵說著，嘲弄般輕笑了一下。「可惜啊，人家可不是那麼大度的人，自己借著光，同時還防著其他人，等她引薦，還不如趁早拉她下來，自己想法子來得快。」

「妳……」自己的小心思被毫不留情的拆穿，孟余歡脹紅了臉，不過氣到極致反而平靜了下來，冷冷道：「是，就算妳的打算是好的，可是現在呢？咱們誰也沒討著好，倒是讓妳那三妹妹占盡了風頭。這可是妳以往一直不放在眼裡，自以為牢牢掌握在手中的人。可如今呢？人家不但脫離了妳的掌控，還遠比妳站得高，看得遠，今天一天，可有理過妳一次？」

兩人面上雖是朋友，可暗地裡的較勁、猜疑從未斷過，自然更明白對方的軟肋在哪兒。

果然，這麼輕飄飄的幾句話一落，蕭嫵頓時怒不可遏。

蕭嫵最在意的便是自己的庶女身分，以前最得意驕傲的事，也是將自己這個嫡妹玩弄於股掌中。

就在她快要利用蕭灼得到自己想要的一切時，所有的走向卻在一夕之間徹底脫離掌控，這更成了她心裡一根碰不得的毒刺。

蕭嫵死死攥著手，指甲幾乎將掌心刺破。正在這時，上次二夫人對她說的話驀然響起。

蕭嫵深吸一口氣，告誡自己要冷靜，不可亂了陣腳。

抬眼看著孟余歡因為戳中她的痛處而有些得意的神色，蕭嫵冷笑了聲。「妳光在這兒與我叫囂又有什麼用？就算蕭灼與我生分了又如何？她與妳難道又能好得了多少？別忘了，妳刻意挑撥梁婉羞辱她的事，她可都知道了。而且她身邊還有一個向來與妳互看不順眼的趙攸寧，趙攸寧今晚也是得了太后賞賜的，有她整天在蕭灼耳邊唸叨，就是沒仇也能唸出仇來。

「梁婉是不中用了，咱們倆現在就是一根繩上的螞蚱，妳與其在這裡說贏了我，倒不如想想怎麼對付蕭灼吧。」

孟余歡被她說得一噎，恨恨偏過了頭。

這話說的沒錯，她無從反駁。

片刻，孟余歡又轉回身，語氣沒了方才的句句帶刺。

「怎麼對付蕭灼？我又不了解她，妳才是她的姊姊，這麼多年，難道就沒有一點把柄？」

蕭嫵深深吸了一口氣。她最大的把柄，就是蕭灼的信任，不過現在已然沒有了。

但是蕭灼她勢必要除去，就算沒有，她遲早也會找出一個來。

公主府內。

丫鬟一一送走了客人，府內才終於恢復了平靜。

長公主欲言又止的看向太后。

太后深深嘆了口氣，收回看向門口的眼神，嘴角噙著的笑意盡數褪去，閉著眼點了點頭。

「隨母后到後殿去說吧。」

長公主跟著太后進了後殿，見太后命人關上門窗，隨後坐在那兒久久沒有出聲，眼中的疑惑更甚。

正不知該如何開口，就見太后放在膝上的手忽地收緊，似是想起什麼痛苦的事情般，微微抬頭，眼眶都泛了紅，啞聲道：「清兒，妳可還記得妳那一生下來就沒了氣息的妹妹，母后時常掛在嘴邊的嫡三公主，妙妙，元清妙？」

# 第三十八章

十六年前，鄴京下了三十多年來尤為罕見的一場大雪。一夜之間氣溫驟降，大雪紛紛揚揚灑落，將整個鄴京覆上厚厚一層潔白。

晨光熹微之時，整座城都還沈睡未醒，唯有後宮粗使的太監、侍女們早早起了身，清掃著路上的白雪，動作有些散漫，唯有兩道截然相反的身影，急匆匆自太醫院一路往乾清宮跑去。

「快些快些，皇后娘娘可等不得喲！」乾清宮的大太監常公公，一邊扶著揹著藥箱，走幾步就要滑一下的老太醫，一邊急著往回趕。

這麼冷的天氣下，依然急得滿頭汗。

此時的乾清殿中，也是一片混亂。

當時還是皇后的蘇音趴在床邊，已有六、七個月的身孕，臉色蒼白，捂著嘴不住乾嘔，頭上冷汗直冒。

雲息一手輕拍著皇后的背，一手拿著帕子時不時輕輕擦拭，臉上也滿是焦急。

皇后的奶娘宋嬤嬤則是站在門口不住張望，見常公公和齊太醫來了，眸中頓時出現喜色，趕緊上前將人接了進來。

先將太醫讓進去給皇后診脈，宋嬤嬤才繼而蹙眉看向常公公。「怎地去了這麼久？」

常公公一邊擦著汗，顧忌著別讓皇后娘娘聽見，將宋嬤嬤往外拽了拽，才低聲開了口，語氣也難掩怒意。「還不是紫宸殿那邊，說是宸妃昨夜身子突然不適，將太醫院的太醫全都叫去了，連個當值的都沒有，若不是齊太醫剛好早來一步，怕是還要等。」

宋嬤嬤一聽，頓時皺緊了眉。「荒謬！她是什麼身分，皇后娘娘是什麼身分，更何況皇后娘娘還是有了身子的，她竟然如此尊卑不分，這還得了？」

「哎喲，小聲點！」常公公連忙勸阻，指了指殿裡。「別讓娘娘聽見了又要賭氣傷心。」

宋嬤嬤不忿地小聲啐了一句，繼而問道：「那皇上呢？」

說到這個，常公公也是無奈。「也在紫宸殿陪著呢。」

宋嬤嬤拳頭緊了又鬆，終是無奈嘆了口氣。

罷了，連皇上都這樣寵妾滅妻，他們又能如何？

自從宸妃入了宮，便不知用了什麼狐媚法子，一進宮便是專寵，後來還生下了四皇子，更是如魚得水，猖狂不已。

先前雖然目中無人了些，可在皇后面前到底是不敢放肆，可隨著近幾年四皇子開蒙，接連收到皇上誇讚後，便越加變本加厲。

如今皇后有了身子，無法侍寢，她便仗著恩寵，不知明裡暗裡下了多少絆子，現在連故意支走太醫這事都幹得出來。

可就算知道又有什麼法子呢？皇上寵她寵得都快沒了邊，除了初一、十五固定宿於東宮，其他時候都不過來。

虧得皇后娘娘肚子爭氣，繼二皇子和長公主後又懷了第三胎，如今還是保重身子要緊，犯不著與那等人置氣。

宋嬤嬤深吸了口氣，平息心底怒氣，不再去想那些糟心事，繼而專心等著太醫的結果。

不多時，太醫微瞇著眼，將手從皇后娘娘的手腕上撤下，跪在地上彎腰道：「回皇后娘娘，還是與之前一樣，因為娘娘之前胎還未坐穩之時受了驚嚇的緣故，動了胎氣，所以才會反覆有頭暈嘔吐的癥狀，乃是氣血虧虛之症。只不過……」

齊太醫說到這兒，忽地停了下來，沒有再繼續說下去。

過了一會兒，帳簾後傳出來一道虛弱的聲音。「有什麼話，但說無妨。」

齊太醫這才磕了一個頭，繼續道：「只不過娘娘身體底子好，驚嚇也不是太嚴重，按理說照方子補，不出兩個月便能坐穩，可如今已然過了五個月之久，竟還未好全，臣無能，也不知究竟是何原因啊！」

帳簾中靜默了一瞬，隨後道：「無事，許是本宮近來身子不如以往的緣故，太醫按照經驗開一些安胎滋補的方子即可。」

齊太醫這才大出了一口氣，磕了個頭退出去寫方子。

待送走了齊太醫，宋嬤嬤吩咐幾個小丫鬟去抓藥、煎藥，隨後倒了杯熱水，放到床頭邊的矮凳上，替皇后打起了簾子。

「娘娘，起來喝杯水漱漱口吧。現在也到了用早膳的時候了，您昨晚就沒有吃東西，要不要奴婢給您拿些清淡的吃食來，總是不吃東西可撐不住啊。」

皇后的臉色依舊蒼白，有些疲倦地搖了搖頭，在宋嬤嬤的扶持下坐起了身，拿起水杯喝了一口。

宋嬤嬤看著自家娘娘虛弱的模樣，想著齊太醫方才的話，心下有了些不好的猜測，低聲道：「娘娘，方才齊太醫的話，您也聽到了，該不會……是安胎藥……」

皇后知道她想說什麼，不過是懷疑這藥會不會被人做了手腳？

皇后乾脆的搖了搖頭。

她自小便被作為國母培養，也深知後宮險惡，光是這藥理一條就不知害死了多少人。所以她自幼便通曉藥理，那方子她也看過，並無任何問題。

其實這也是她覺得奇怪的地方。既然藥沒問題，那就應該如太醫所說早該好了才是。她都懷孕七個月了，身體卻始終沒有好過，三天一小鬧，五天一大鬧的。

對面的宋嬤嬤也同樣發愁，忽地，她的目光閃了閃，小心翼翼道：「娘娘，不會真的如欽天監所說……」

話未說完，皇后便微微抬頭瞪了過去，宋嬤嬤頓時不敢再說，默默低下了頭。

「好了，本宮要休息了，你們都下去吧。」

皇后淡淡道，揮退了下人，躺回床上，盯著床頂，眼底晦暗不明。

宋嬤嬤的話她知道，無非就是近日宮裡的那些傳言。

最近西南之地又是鬧饑荒、又是鬧震災，欽天監夜觀天象，說是有災星降臨的緣故，且就在皇城之中。隨後便有宮女私下議論說這個災星便是她肚子裡的孩子，且這孩子命格太硬，會剋至親，所以她才會一直不見好。

想到此，皇后嘴角揚起一抹嗤笑。

不用猜也知道這傳言是誰挑起的，欽天監裡有宸妃的人，她早就知道了。

至於宸妃為何要報復她，她也知道。想到此，皇后眼中染上一抹痛苦，一手慢慢摸上自己的肚子。「孩子，妳是在怪娘親嗎？」

怪她因為忍受不了皇帝對自己及母族的忽視，而對宸妃寵之又寵，所以魔怔了似的，在五個月前故意製造了那場驚嚇，想用這個孩子的命扳倒宸妃。

雖然在最後關頭，她終是後悔了，但也免不了動了胎氣，甚至見了血，即使救回來了，她也依然不能原諒自己。

或許她至今未好，也是上天在懲罰她吧。

晚間，皇后在床上躺了一天，才好不容易恢復了點精神，下床走動了一會兒，正要用膳時，卻沒想到皇上竟會破天荒的來了乾清宮。

皇上上一次來還是初一的時候，皇后有些受寵若驚，忙讓人又添了些皇上愛吃的菜。

兩人許久沒有好好一起吃一頓飯了，皇后還以為皇上終於惦念起她來，晚膳用得都比平日裡多了些。

用過膳，皇后見皇上並沒有要走的意思，正要吩咐下人準備沐浴的熱水，卻見皇上微微擺了擺手，道：「不用了，朕有些話要說，說完就走。」

皇后臉上的笑容忽地淡了，不明所以的看著皇上。

就聽皇上淡淡道：「宸妃近日頭疼總不見好，再加上各地災害頻發，欽天監說是中宮之中有相沖之物衝撞所至，皇后有孕在身，朕也怕會衝撞了皇后和皇兒，不如在皇后生產前，先去廣乾殿暫住一陣子，如何？」

「啪」地一聲，皇后伸手扶住桌子，險些站不穩，看著眼前彷彿變了一個人的皇帝，簡直不敢相信這就是曾經對她百般呵護寵愛的人，臉上血色褪盡。

「皇上這話，是也信了那些說臣妾肚子裡是災星的傳言嗎？」

皇上抬了抬頭。「皇后想多了，朕也是為了皇后和皇兒著想。」

皇后閉了閉眼，淒然一笑。

什麼替她著想，不過是宸妃知道皇帝偏信陰陽鬼神之說，如今又剛好不太平，所以故意挑撥罷了。

「皇上，這可是您的親生骨肉，您寧願聽那些無稽之談，而不顧骨肉情分嗎？」

「皇后！」皇上手中的茶碗重重擱在桌上，冷冷道：「皇后多言了，事關江山社稷，便不是小事，皇后盡可按照朕的吩咐說便是，其他不必多言。」

說罷，皇上再也不願多說一句，起身拂袖而去。

看著皇上毫不留情的背影，皇后眼中最後的一絲光芒也逐漸熄滅。

皇帝薄情，她早就該知道，居然還留有一絲妄想，想著除掉宸妃就可以挽回皇帝的心，甚至為此差點犯下不可挽回的錯誤，真是可笑。

皇上早已不是以前的那個皇上，或許她早該走出來了。

否則，不只是肚子裡的這個，還有她的后位、她的燁兒和清兒，都遲早會遭殃。

皇后搬入廣乾殿的消息，第二日便從宮內傳到了宮外。表面上雖然只是移了宮殿，可是皇后入住乾清殿，那可是從古至今不變的，如今乍然搬出來，宮中各殿頓時蠢蠢欲動，私下也是各種流言頻出。

同時，遠在宮外的太后的私交好友，安陽侯夫人喬韻也收到了消息。

安陽侯夫人此時也懷孕將近七個月，卻顧不得太多，當即準備請旨入宮，卻收到皇后的親信從宮中傳出的密信。

看了信後，喬韻瞬間領會，即刻派人去了城外的靈華寺。

# 第三十九章

既然皇帝偏聽鬼神之說，宸妃也藉此來打壓對付她，那麼皇后便以其人之道還施彼身，用同樣的方法還回去。

靈華寺有位得道高僧遠靈大師，據說通曉世事，可知人命，只是常常遊歷四海，若非有緣，極少有人能見其面。

據說當年先帝還未繼承皇位時，與當時修為初初顯現的遠靈大師見過一面，遠靈大師當時便預言其將來必大有作為。果然沒過幾年，先帝便繼位，隨後平四海，定八方，天下太平繁榮了好一段時間。

皇上也曾幾次想去拜見，只可惜次次都落了空。

如此神龍見首不見尾的人，若能請得動他來幫忙，那欽天監的言論，便再無人會信。

不過連皇帝都難見到的人，皇后去估計也是一樣，雖然皇后請不來，她卻知道誰能請來，那便是喬韻。原因無他，因為遠靈大師曾受恩於喬韻，並答應可幫她一忙。

或許也是老天爺在幫她吧，那密信送出去沒多久，便傳出遠靈大師歸山，受邀進宮的消息。

後來的結果顯而易見，遠靈大師三言兩語便化解了皇后的危機，皇后重回乾清宮，並以迅雷不及掩耳之勢，處置了欽天監的一幫人。

事情看似到此便結束了，皇后正要派人好好將遠靈大師送回去，卻忽地想起自己這段時間久不見好的癥狀，加之對這孩子實在愧疚不已，便想請遠靈大師算上一卦，求個平安。

本來只是抱著試試看的態度，卻沒想到遠靈大師居然答應，只是可惜給出的結果與她所想的恰恰相反。

遠靈大師一來，並未詢問癥狀，只抬頭看了皇后的腹部一眼，便微微蹙起了眉。

「娘娘，可否屏退左右？」

皇后見遠靈大師一副嚴肅的模樣，心也不由得提了起來，依言讓太監、侍女退了出去，不自覺的坐直了身子。

「大師，可是看出了什麼？」

遠靈大師緩緩道：「阿彌陀佛，恕貧僧直言，皇后娘娘五個月前，可曾試圖斬斷與這孩子的母子之緣？」

話落，皇后頓時心頭一震。

她與皇帝不同，原本對於這些神佛命格之事並不如何相信，就算聽過遠靈大師的名號，也不過是保持一份敬重罷了。直到見到遠靈大師的真面目，的確與尋常僧人不同，滿是超凡脫俗之感，她才生了幾分相信，想來詢問也是求個心安。

可如今這一問，皇后卻是不得不打破自己以往的想法了。

沒等皇后回答，遠靈大師便似已經知道了答案似的，嘆了口氣道：「這孩子命格本就偏弱，又生在皇家福氣雄厚之地，承受不住，是個多病的體質，如今又在胎氣不穩時便受了重創，所以才會汲取母體之靈氣，這也是皇后娘娘鳳體抱恙的原因。只不過終究有瓜熟蒂落的一天，即使生了下來，怕是也活不過一歲啊。」

皇后扶在椅子上的手驟然收緊，另一手撫上自己隆起的腹部，眼中的痛苦幾乎要溢出來。

「大師。」皇后從貴妃榻上站了起來，嘴唇微微顫抖。「既然您已窺得先機，那就一定有法子能救救我腹中的孩兒，是不是？」

眼淚從皇后的眼眶中滑落下來。她一生要強，從小嬌生慣養長大，及笄後便入宮為后，從未向誰低過頭，哪怕皇上被宸妃迷惑，時而給她氣受，她都沒有拉下臉來求皇帝給她做主，如今，卻是她第一次求人。

是，她的確不信這些，但若是涉及到她的孩子，那她再顧不得真假，寧可信其有，不可信其無。

她已經錯過了一次，若真失去這孩子，她一輩子都不會原諒自己。

皇后看著遠靈大師。「大師，求您給個法子救救這孩子，什麼要求，本宮都能答應。」

遠靈大師長長嘆了口氣，道：「罷了，這孩子命格十分特殊，似實非實，似虛非虛，且未來定會有一番奇遇，倒是與貧僧十分有緣。貧僧便給予一法，就當是徹底了了與喬施主的善緣了。」

遠靈大師從袖中拿出一枚小巧的平安符，遞給皇后。「這枚平安符是貧僧作過法事的，待這孩子出生後，便讓她隨身攜帶。另外宮中皇氣對她有害無益，出生後務必將她送離宮中，盡快安置，及笄前不許出家門，這平安符也須得每年定時去寺中作法，若她能平安活到十五歲生辰禮，之後就應當無大礙了。

「貧僧能幫的只盡於此，剩下的就要看這孩子的造化了……」

說到這兒，太后早已泣不成聲，長公主也是雙眼通紅。

她那時才三歲，很多事情都記不清了，只知道娘親那會兒懷了小寶寶，身子不好，沒工夫照顧他們，所以她都是和兄長在一起，卻不知當時還有過這樣凶險的一段。

長公主輕拍著太后的背安撫，待太后緩過來了些，才哽咽道：「後來呢？」

太后用手絹擦了擦眼淚，繼續道：「當時宮中形勢已然險峻，這事除了為我請來遠靈大師的阿韻，我並未和任何人說過，妳父皇我也徹底死了心。等妳妹妹出生那天，宸妃又故意帶人來攪局，我怕她看出什麼來，便設了一局，用一個死胎將妳妹妹換了出去，又在當日的催產藥中做了些手腳，嫁禍給了宸妃。

「她當然想不到我會做得這麼絕，連自己的親生孩子都可以換了，抹去存在來陷害她，當然慌了手腳，宋嬤嬤才得以乘機將妙妙帶了出去。」

回想起當日晚上的情景，太后現在還是覺得凶險萬分，但是更多的，則是鋪天蓋地的愧疚感。

雖然她是為了救她的妙妙，可是自己還是又一次利用了她，而且說到底妙妙還是因為她的狠心才落得如此，這些都是她對她的妙妙無法彌補的傷害。

長公主看著太后，忽地恍然，道：「聽您的意思，如今的蕭灼，便是我那送出宮的妹妹妙妙？」

太后點點頭。「阿韻是唯一知道這事的人，除了她我也不放心，原先我是想讓阿韻替我安置宋嬤嬤和孩子。」

太后說到這兒，忽地閉了閉眼。「或許是天意吧，阿韻與我的產期只差幾天，可是卻早有胎位不正之兆，生產時凶險萬分，到底沒保住孩子，當時安陽侯剛好外派，所以阿韻便順勢將妙妙留了下來，當作自己的孩子，一直養到了今日。」

長公主忽地想起以前喬姨每次來都會帶很多畫紙和字帖，而且一坐就要坐很久，她偶爾幾次偷聽，都能從母后和喬姨的口中聽到妹妹的名字。而且每次喬姨回去後，母后都會在窗邊出神很久，眼中有時帶著微笑，有時滿是難過。

現在長公主知道了，以前喬姨每隔一段時間來宮中，應該就是和母后說小妹妹的近況的。

「幸好，我就知道小妹一定福大命大，您看，這不是好好的長這麼大了，還出落得這麼漂亮又聰明。」長公主蹲到太后膝前，看著太后滿是痛苦的神色，微微仰著頭，笑著安慰道。

說到這個，太后眼中的陰霾才微微散了些，嘴角也露出了一絲笑意。

「是啊，真好，我的妙妙吉人自有天相，已經出落成大姑娘了。」這也是如今最能讓她感到欣慰的事了。

「既然已經過了及笄禮，遠靈大師也說沒事了，那咱們……」長公主緩緩道。

雖然她還有皇帝哥哥，可是哥哥是一國之君，一心撲在政事上，早不會如以前那樣去哪兒都帶著她了。

長公主曾經不止一次在心裡想過，要是她的小妹妹還在世就好了，宮中的庶姊妹不想著害她就不錯了，根本無話可聊。時間越長，孤獨感越重，她想有個姊妹的渴望就越大，這也是梁婉進宮給她做伴讀後，她對梁婉那麼好的原因。

長公主看著太后，語氣中含著隱約的期待。

卻沒想到太后聽了這話，眼中的痛苦之色反而更重，甚至整個身子都微微顫抖起來，彷彿積壓許久的愧疚情緒，終於徹底爆發。

「清兒，不是母后不想，而是母后不能，也……不敢。」

太后眼眶再度落下淚來。「這麼多年，妙妙不止一次差點踏入鬼門關，都是阿韻日夜不休的照顧，將她從鬼門關拉了回來。妙妙所有的母愛和照顧都是從阿韻那兒得到的，阿韻也早就將她看做自己的孩子，而我這個親生母親，帶給她的只有傷痛。這麼多年，我忙著與宸妃鬥得死去活來，因為有阿韻，我才沒有錯過妙妙的成長，這已是我求之不得的了。如今妙妙也長得很健康，我又怎能在她離世後，再將這一切都打破呢？我怕阿韻怪我，更怕妙妙知道真相後會怪我。」

是啊，長公主偏頭咬了咬唇，這麼多年，喬姨給了小妹完整的愛與呵護，就這樣不顧小妹的意願說認回就認回，對小妹和喬姨來說，都未免有些不公平。

長公主微微起身，抱住了太后。「母后不必自責了，其實母后當時也是形勢所迫，逼不得已而為之。再說了，母后對付宸妃，不也是因為要保護哥哥和我嗎？怎麼說也是咱們三個共同欠小妹的。如今小妹出落得這麼好，身子也痊癒了，咱們應當高興才是。以後咱們還有很多時間好好彌補小妹，小妹如今離我們這麼近，身世說不說或什麼時候說，都無所謂。退一步說，就算小妹永遠都不知道也沒關係，不用在意那些髒事，還多了這麼多人疼她，不是更好？」

沈默了許久，太后微微顫抖的身子才徹底平復下來，回應般在長公主背後輕輕拍了拍。

是啊，事情既已發生，愧疚也無用，還好她的妙妙活了下來，還好後面還有大把的時間，能好好彌補……

安陽侯府門前。

蕭嫵早早就到了，卻沒有進去，而是和管家一起在門口等蕭灼。

蕭灼在趙府的馬車上睡了一覺，直到馬車停下來才悠悠轉醒。

趙攸寧則是早就醒了，看著蕭灼迷迷糊糊的下車，不忘提醒道：「別忘了後天哦。」

蕭灼腦子還有點懵，反應了一會兒才想起後天的事，迷濛的眸子瞬間清醒了不少。

「知道了。」

蕭灼背對著趙攸寧揮了揮手，輕巧的下了馬車。

程管家笑著迎了上來。「三小姐回來了？」

蕭灼點點頭，正要抬腳進去，就見程管家旁邊多出了個蕭嫵，蕭嫵的臉上還掛著她以前再熟悉不過的親切笑容。

「我記得妹妹不是與我同時出發的嗎，怎麼到這會兒才回來？」

# 第四十章

蕭灼看著蕭嫵臉上一如既往的笑容。

賀明軒還有惜墨的事，她們都心知肚明，蕭嫵和她也早就撕破臉皮了，這會兒蕭嫵卻又和沒事人似的來和她打招呼，連蕭灼都要感嘆她的臉色變換之快了。

是因為今晚見了太后和長公主待她的態度，所以忍著性子來討好了？抑或是有其他的目的？

蕭灼淡淡看了她一眼。「嗯，路上耽擱了一會兒。」說完便抬腳進了府，不欲與她多言。

蕭嫵咬了咬唇，眼中的戾氣一閃而過，隨後又掛上笑跟了上去。

「三妹妹，其實我在這兒等妳回來，是有件事須和妳說一聲，今日妳和張小姐的話我都聽到了，我知妳不大愛往這些熱鬧地方鑽，只是這詩會，爹爹也有所耳聞，這樣文人雅趣的集會，讓我帶妳去瞧一瞧，不要整日悶在府裡。」蕭嫵緊跟在蕭灼後面邊走邊道。

蕭灼腳下步子未停，頭都沒回地道：「知道了，只是二姊姊既然聽到了，應當也知道這幾日我已與趙小姐有約，凡事總有個先來後到，我不好拂約。」
蕭嫵笑笑道：「詩會當然是人越多越好，三妹妹和趙小姐一道去，豈不更好？」
蕭灼沒有再回答，正待蕭嫵覺得蕭灼會不會真鬆口答應時，蕭灼的腳步忽地停了下來，回過身來，朝著藏靈軒的方向偏了偏頭，道：「二姊姊，分岔路口到了，如今時間也不早了，妳還是快些回去吧。」
蕭嫵臉上的表情驀地一滯，看看周圍，真是已經到了分岔路，她有些勉強地笑了一下。「三妹妹，那方才的事……」
「詩會的事，我不打算去，若二姊姊怕父親會說什麼，那我自己去回父親一句就是了。另外我也會和爹爹說一聲，以後有什麼事，直接著人來我院子裡知會一聲即可，就不煩勞姊姊在中間傳話了。」蕭灼淡淡道。
蕭嫵臉色一陣青、一陣紅，看著蕭灼說完毫不留戀轉身欲走的背影，再想想今日蕭灼得了太后和長公主賞賜時的風光，狠狠一咬牙，撲通一聲跪了下去。
「三妹妹，我知道妳心裡對姊姊有誤會，我也知道今日我與梁小姐一處妳生氣，可姊姊也是有苦衷的呀，妳氣了這麼久，也該消消氣聽姊姊解釋才是。」
這一跪不僅把蕭灼嚇著了，連周圍暗暗關注著的丫鬟也驚得不輕。
這些下人早覺得府裡這兩位小姐間不再如以往那般好得如膠似漆，八成是鬧彆扭了，都在心裡猜測是什麼原因，這下一看二小姐居然給三小姐跪下，驚詫不已，一邊繼續顧著手裡的事，一邊偷偷往這邊看。

蕭嫵要的就是這效果，這麼多人看著，她就不信蕭灼真的能扭頭走人，若傳到爹爹耳裡，也少不了會問詢苛責。

蕭嫵平生引以為傲的，除了自己的才女之名，還有她的口才。只要蕭灼肯聽她解釋，哪怕求饒服軟，她也有信心能打破目前的僵局，大不了就將過錯全都推給賀明軒，捨棄這顆棋子。只要她能再度親近蕭灼，遲早會抓住她的把柄。

蕭嫵如此想著，慢慢控制住眼底的屈辱，換上一副泫然欲泣的表情，在丫鬟手中燈籠的照耀下，更顯得委屈可憐。

蕭灼果然回過了身來，看著蕭嫵這副模樣，皺了皺眉，望著兩邊的丫鬟，呵斥道：「糊塗東西，愣著做什麼，還不快將二姊姊扶起來？」

蕭嫵身後的丫鬟這才如夢初醒般，趕緊將手中的燈籠遞給後面的丫鬟，走上前來扶蕭嫵。

蕭灼也走了過去，親自搭了把手，將蕭嫵扶了起來，還沒等蕭嫵說話，蕭灼便伸手探了探蕭嫵的額頭。

「早在席間便見二姊姊似有醉意，如今看來醉得不輕，連路都走不穩了，煙雨，還不快扶妳家主子回去休息。」

蕭嫵忽地一愣，沒想到蕭灼竟會找這麼一個由頭，表情空白了一瞬，隨後抓住了蕭灼的手臂。「三妹妹，我知道妳對姊姊誤會已深，但求給姊姊一個解釋……」

「二姊姊。」蕭灼出聲打斷她的話，臉上已有了一絲不耐煩，輕聲道：「既然二姊姊還不死心，那我也不介意把話說開。惜墨的事或賀明軒的事，究竟真相如何，我早已知曉。妳早該知道我已不是以往那個輕信別人的人了，事實如何我自己會判斷，不要以為我還如以往一樣怕這怕那好拿捏。」

「至於爹爹那邊。」蕭灼又朝蕭嫵湊近了些，道：「爹爹那邊忙得很，正和景潯世子一起追查靈華寺山匪一事，我想，爹爹也沒工夫管我們這小打小鬧的事。」

聽到前面一句，蕭嫵臉上還有些欲言又止，可是聽到後面一句，蕭嫵整個人定在原處。

「什……什麼？」怎麼可能？那件事不是已經了結了？蕭嫵看著蕭灼的臉，想看出蕭灼是不是故意拿這話來嚇她。

蕭灼微微一笑，不欲多言，往後退了一步，看著不遠處的程管家，道：「程叔。」

程管家一直看著這邊的動靜，聽蕭灼叫他，便微微弓著身子走了過來。

「老奴在。」

蕭灼道：「二姊姊今日醉得有些重了，你再多叫兩個人，將二姊姊好生送回去，別叫二夫人擔心。」

程管家是府裡的老管家了，向來只認安陽侯和大夫人兩個正經主子，自然對蕭灼偏愛一些。就算如今府裡的人因為二夫人管家而對西院多少客氣些，但程管家是蕭肅近身服侍的人，自然不會看這些臉色。

聽蕭灼吩咐，程管家二話不說便指了兩個丫鬟。「妳們兩個，與我一起送二小姐回去。」

見丫鬟扶著滿臉不可置信的蕭嫵轉身往藏靈軒走去，蕭灼眨了眨眼，掩去眼底的一抹暗色，朝還站在一旁等她的綠妍招了招手。「回去吧，今日跑了一天，還是得好好沐個浴再睡覺才舒服。」

綠妍眼底的笑意倒是沒斷過，看著蕭灼的眼神越發欣賞。不愧是主子看上的人，這才叫毫不拖泥帶水、有魄力呢。

蕭灼今天是真的累了，回到其華軒已經有些懨懨的。

公主府的事如今還沒傳開，惜言還不知道，見蕭灼和綠妍回來了，一邊高興地替蕭灼漱洗寬衣，一邊笑著問今日在公主府可遇著什麼新鮮事？

蕭灼早已呵欠連天，有一搭、沒一搭的回了幾句，沐浴後便早早上榻睡了。

第二日一早，公主府內的事已經流傳開來。不過太后算是微服出宮，就算說也是在最後處置梁婉時提一句，相比之下傳得更廣的，則是梁府小姐因嫉妒心切，意圖陷害侯府小姐盜竊的事。

壞事總是比好事傳得廣，一時之間，各府小姐都有意無意的撇清與梁婉的關係，繼而往安陽侯府跑。

梁夫人雖是泱國公主，可泱國到底只是依附於大鄴的友邦，雖然身分上各府都對她禮讓三分，但再大也大不過皇室，更何況這事的確是他們理虧，還是太后親自下的令，他們也只好嚥下這口氣，怪自己女兒不爭氣了。

其華軒內，惜言去膳房取早膳時才聽說了這事，當即臉色就變了，急匆匆地拿了膳食，一路小跑回院子。

蕭灼剛好醒了，正準備起身下床，就見惜言一臉驚慌的走了進來。「小姐，昨兒出了這麼大的事，您怎麼也不與我說一聲？」

蕭灼睡了一覺，早已神清氣爽，這會兒見惜言這麼心急火燎的模樣，笑著安撫道：「最後不是有驚無險嗎，何必和妳說了再徒增一場驚嚇？」

惜言想想也是，但還是有些不忿。「這個梁小姐，好歹是大家姑娘，小姐您也沒怎麼得罪她，她怎麼能做出這樣的事呢？」惜言說著，還是一臉的驚魂未定。

幸好沒有得逞，若是得逞了，咱家小姐現在不知道要落得什麼下場呢。

想到這裡，惜言在心裡將那個梁婉狠狠罵了幾頓，同時又因為自己沒在自家小姐身邊而滿是失落。

這時，綠妍端著水盆走了進來，安慰道：「沒事，咱們家小姐福氣大著呢，就算被小人使了絆子，也會遇難呈祥，貴人相助。這不，昨兒個正好太后來了，不僅狠狠懲罰了梁婉，咱們家小姐還得了賞賜呢。」

說到這個，惜言才繼而開心起來，看寶物似的湊到蕭灼身邊，看著蕭灼手腕上那只鐲子。

「我就說，小姐的手上怎麼多了一只這麼好看的鐲子。」

惜言左右看著，再不敢如昨晚伺候蕭灼沐浴時上手碰了，雙眼發光似的看著這鐲子道：「我的天，這可是太后賞的呢，雖然咱們大夫人和太后交好，以往也沒少拿賞賜，但是親自給各公侯府姑娘的賞，這還是頭一回。」

蕭灼的另一隻手也慢慢撫了撫那鐲子，道：「妳去拿個錦盒來。」這畢竟是賞賜之物，若是戴在手上有個什麼閃失就不好了。

惜言點點頭，依言將鐲子小心翼翼地保管了起來。

放好東西後，蕭灼正要起身漱洗，忽地想起了什麼，道：「對了，惜言，我那件雪青色輕羅蜀錦裙呢？」

惜言道：「在櫃子裡呢，小姐您說那裙子太過精緻惹眼了些，在府裡也穿不上，奴婢便將它收起來了。」

蕭灼眸光動了動，嘴角微微上揚，露出兩個淺淺的小梨渦。

「嗯，妳去把它拿出來，送去洗衣房好好洗熨一下，我明日要穿。」

# 第四十一章

惜言應了一聲，疑惑地看向蕭灼。

「小姐明日要出門？」

「嗯。」蕭灼點點頭，眼神清亮，道：「還有，妳待會兒再吩咐人去一趟臨江軒，明日中午預留一間最好的雅閣。」

惜言有些驚訝自家小姐怎麼忽地轉了性，但看著蕭灼滿是歡欣的神情，自己心裡也真切的高興起來。

自從小姐結識趙小姐等幾個朋友後，真是越發開朗了起來。雖然以前的小姐也很愛笑，但是因為身子不好，又一直待在府裡，沒什麼朋友，那笑容總是淡淡的，帶著一種莫名的落寞，瞧著就跟畫上的美人似的。

而現在，惜言覺得小姐那雙好看的眼睛看著越發會說話似的，一笑起來露出唇邊的小梨渦，是貨真價實的高興。

而且最重要的是，小姐如今終於對衣著打扮上心起來了，這樣的轉變才最讓惜言高興。以前小姐對衣服、首飾總是無慾無求，一點也不像這個年紀的姑娘。像這次去公主府，還是自己提出要添新衣服。以前她都害怕自家小姐會不會一時想不開去當尼姑呢。

惜言越想越高興，方才對公主府之事的心有餘悸也被這發現徹底沖淡了，邁著輕快的步子應下，拿著衣服往洗衣房去了。

綠妍也偏頭笑了笑，惜言只知道小姐要出門，綠妍可是知道她是要去見誰的，當下在心裡替自己主子高興了一把，走過去服侍蕭灼起身漱洗。

坐到梳妝鏡前，蕭灼頭一次仔細打量起自己的容貌。以往父親、娘親，還有府裡服侍過的丫鬟都說她好看，可她見過的女子不多，不太懂什麼才是好看，而且在她的認知裡，一直覺得娘親才是最好看的那個。

蕭灼抬頭看著鏡中的自己，因為睡飽的緣故，整張臉都呈現白裡透紅的健康顏色，水靈靈的眼睛，柳眉櫻唇。而且蕭灼總覺得自己和以前有些不大一樣了，但是具體哪裡不一樣又說不上來，大抵是以前看到自己的臉，不會如現在一般默默吞口水吧。

身後，綠妍也默默驚豔了一把，同時手下也沒有停，挽好了一個簡單俏皮的髮髻。

「小姐，今兒想戴哪個髮飾？」

蕭灼眨了眨眼，將目光從鏡中收回，移到一旁打開的妝匣裡。

昨兒她回來得匆忙，戴出去的首飾都直接擱在了桌上，最上面放著的就是那一支白茉莉的玉簪。

蕭灼盯著那個簪子看了好一會兒，伸手將它拿了起來，遞過去。
「就它吧，今日不出門，其他的就不用了。」
綠妍接過，將簪子斜斜別在了蕭灼烏黑如墨的髮間。
這支簪子本就別致，髮間只這一支，宛如別花於髮間，不但不顯得寡淡，反而更襯得蕭灼唇紅齒白。
蕭灼偏頭看了看，滿意地點了點頭。
「爹爹現在可在家？」蕭灼回頭問道。
昨天她回來得晚，都沒去給爹爹請安，今天還是得去的。而且公主府的事，爹爹怕是也知道了。梁將軍與爹爹在朝堂上也是有不少往來，如今她與梁婉算是真結下梁子了，具體來龍去脈還是得和爹爹說一聲才是。
綠妍搖了搖頭。「侯爺一早便出去了，還沒回來呢。不過倒是已經打發程管家來過了，說是公主府的事他已經知道了，與梁家的事他自會處理，讓您好好休息就行。」
「那也行。」蕭灼鬆了口氣。爹爹知道便好，省得她再從頭說。「不過妳還是著人去看著，等爹爹回來和我說一聲，還是得請個安才好。」
「是，奴婢這便去辦。」
吩咐完事情，蕭灼將丫鬟們都打發了出去，自己從梳妝檯前起身，坐到了窗邊，初升的日光透過窗戶落在身上，照得人身上暖洋洋的。

蕭灼閉上眼，靜靜感受了一會兒空氣中的清新氣味。視線隨後落到了窗下桌子上，之前被她隨意擱在那兒的繡籃裡，還有她上次繡到一半就棄了的荷包。

盯著那荷包上的鴛鴦繡紋出了會兒神，蕭灼的眸子忽地動了動，坐直身子將那繡籃拿了過來，毫不留戀地將那鴛鴦戲水的荷包扔到一邊，繼而找出一塊月白的雪鍛，細之又細地再次動了手。

以往蕭灼繡荷包完全是用來打發時間的，可是手上這個做起來卻是格外的細心及耐心。

其間惜言來遞了幾次帖子，都是各家小姐約蕭灼去府上做客或是一起出遊賞景的邀請。

昨日趙攸寧已經提醒過蕭灼，蕭灼也早就有了準備，用早想好的理由一一回絕。

一整天，蕭灼幾乎都悶在房中繡著那個荷包，只在蕭肅回府後，去書房請了個安。

直到夜幕初上，蕭灼才揉了揉自己發痠的手腕，端詳著月白錦緞上快要收尾的翠竹，抿唇輕輕笑了下，連著繡籃一起放到了床頭。

第二日，蕭灼難得起了個大早。

讓惜言拿去洗熨的蜀錦裙已經拿回來放在衣架上，惜言和綠妍服侍蕭灼穿上後，雙雙被驚豔了一把。

「奴婢就說嘛，小姐這樣好模樣的人，就該多穿些精緻鮮亮顏色的衣服才是，多好看呀！」綠妍讚嘆道。

惜言也跟著附和。「小姐，如今快入夏了，聽說前幾日府裡新入庫了一批軟煙羅，成色花樣都是最時興的，今年的夏衫咱們就用那個如何？」

惜言這話已經算是委婉了，生怕蕭灼又和以前一樣來一句，反正不大出門，隨便做幾件得了。

蕭灼上下看了看身上這件衣裙，難得贊同起惜言的話，微一點頭道：「聽妳的，妳去安排吧。」

惜言立即雀躍的應了一聲。

蕭灼選了那支茉莉簪子作為髮飾，為了搭配衣裳，又添了一支翠色步搖。

匆匆用過早膳，和蕭肅請了安，蕭灼便帶著惜言和綠妍乘車直奔臨江軒。

雖然從起身到出門，蕭灼花了很久的時間，但仍然是第一個到的。昨日已經提前派人和掌櫃的打了招呼，蕭灼一到，掌櫃便親自迎了出來，帶著蕭灼進了樓上的雅間。

臨江軒的招牌是鄴朝偏南地界的蘇菜，掌櫃的也是蘇城人。蘇城故有水鄉之稱，這間雅閣裡的裝飾也處處透出一種如水般的溫柔婉約之感。

進門便有一扇繪著一池清荷的絲綢屏風，左右兩邊各有山水字畫為飾，牆邊以青石堆砌了假山水池，還有水流從中穿過，發出細微的清泠聲響，屏風後紅木桌邊的小几上，輕煙正從金蟾小香爐中緩緩溢出，很是好聞。

蕭灼側身對著掌櫃頷首道：「有勞掌櫃了。」

掌櫃連忙笑道：「不敢不敢，應該的。小店剛開不久，能得貴府姑娘賞臉已是福氣。您先坐，有什麼需要的，直接吩咐人即可。」

蕭灼點點頭，抬腳走了進去，掩上門，坐到桌邊，一邊看著窗外的風景一邊等人。

沒過一會兒，趙攸寧也來了。

趙攸寧一進門看到蕭灼今日的裝扮，眼中驀地一亮。

「喲，今兒怎地打扮得這麼好看，都快叫我沒認出來。」

蕭灼臉色不自然地紅了一下。「要出門自然得拾掇一下，偏被妳說得這麼誇張。」

趙攸寧大步走到蕭灼對面坐下，不相信地笑道：「妳這叫隨便拾掇一下，那要是好好拾掇，還不得把人魂都給勾去？」

蕭灼啪地將一杯茶放到趙攸寧面前，輕瞪了她一眼。「喝妳的茶吧，越來越不正經了。」

趙攸寧噗哧一笑，伸手端起那杯茶喝了一口，感嘆道：「俗話說得好，女為悅己者容，我看阿灼妳那晚在馬車上否認的話，還有待商榷哦。」

蕭灼一噎，臉上緋色更甚。「妳再說，以後就莫要再想我陪妳挑首飾了。」

趙攸寧忙舉手投降。「好好好，我不說了，不說了。」說罷心滿意足的端起茶慢慢的品了起來。

與蕭灼越來越熟悉後，趙攸寧也越來越喜歡逗她。原因無他，只因為蕭灼實在太好逗了，她本來就長得好，而且臉紅得特別快，配上那雙水汪汪的大眼睛，可愛得不得了。

這對好看的人毫無抵抗力的趙攸寧來說，不經常逗一逗，簡直可惜了。

幸好這會兒沒有他人在場，要不然，誰能抵抗得了？

哦不對，待會兒還真有兩位男子過來，其中一位還是花名在外硬要跟過來的那種。

趙攸寧這樣想著，忽地起了些父母護著女兒的心思，默默起身坐到了蕭灼身邊。

蕭灼疑惑地看了趙攸寧一眼，不明白她怎麼忽然換了位置，但轉念一想，待會兒元煜世子和景濤世子來了，總不能挨著她們坐吧？還是她們倆坐一起來得妥當。

自顧自地找好了理由，蕭灼也就沒有再問，絲毫沒有察覺到趙攸寧的那點小心思。

隨著時間接近午時，長街上的客棧、店鋪全都開了門，街上的人也漸漸多了起來，坐在二樓都能聽見熙攘吵雜的人聲。

從蕭灼的方向能看到臨江軒的正門，蕭灼面上不動聲色，眼神卻一直時不時往那邊偷偷瞟。

也不知怎麼回事，又不是第一次見景潯了，蕭灼這次卻覺得比以往都要緊張，再三檢查著自己的儀容有沒有什麼不妥的地方，手心裡都微微滲出了些汗。

可是隨著時間一分一秒過去，乾王府和穆王府的馬車卻始終沒有出現。蕭灼原先緊張的心慢慢轉為了失落和不解。怎麼回事，是路上出了什麼事嗎？時間一久，就連趙攸寧也等得有些著急了。

眼看著午時已過，趙攸寧想了想，還是決定派個人去問一問，沒想到門剛打開，就見景潯身邊的貼身隨從沈遇正好上樓來。

見到趙攸寧，沈遇略帶歉意的行了一禮，道：「趙小姐，實在抱歉，我家主子和元煜世子臨時有事需要進宮一趟，怕是來不了了。」

# 第四十二章

官道，去往皇宮的馬車內，元煜一手搖著摺扇，一手輕輕敲著茶杯的杯緣，眼中滿是遺憾。

「嘖，你說皇上表哥為什麼早不來，晚不來，非得在這時候找咱們進宮議事呢？白白誤了佳人之約啊，這可夠我後悔好幾天了。」

景潯安靜的坐在對面，對比元煜搖頭惋惜的模樣，反而異常平靜。

反正他原本也準備找個藉口推託的，皇上此時找他，倒是正好。

景潯捏著茶杯的手緊了緊，眼底一片漆黑，慢慢端起茶杯喝了一口。

元煜抬頭看他一如既往無波無瀾的模樣，十分不解。

「我說你，你不是有意於蕭小姐嗎？突然失約，你怎麼跟個沒事人似的？」

景潯慢慢放下茶杯，深黑的眸子極快地動了一下，又如蜻蜓點水引起的小小漣漪般，極快恢復了平靜。

「皇上突然宣召，必是有要緊的事，惋惜也無用，等下次就是了。」景潯淡淡道，語氣和臉一樣平靜。

元煜定定看著景濤，忽然十分不理解。他不是沒見過其他公子哥兒面對真正心上人的樣子，那魂不守舍的，因為對方一句話、一個表情就能牽動一整天的模樣，更別說對方主動邀請了，前一天晚上睡不著覺的都有。

他也知道各人性子不同，表現也不同。他與景濤兒時一起長大，景濤可不是天生就如此冷淡，就算這些年的經歷使他變得內斂，可這也太內斂過頭了。

他接到傳話時去找景濤，景濤聽了，只淡淡「哦」了一聲，然後就跟著他一起上車了，這可不是正常反應。

元煜想著，還是忍不住問出了口。「我說景濤，這位蕭小姐到底是不是你的心上人？為什麼我有時候覺得絕對是，有時候又覺得根本不像呢？」

其實他這麼問並不準確，他真正想問的是，為何景濤私下表現出來的和真正面對面時，完全不同？

譬如靈華寺那次，譬如佩戴她送的青玉珮卻假裝不知贈送者是誰，譬如看到她被梁婉刁難，卻只默默拉長公主過去，還譬如那被梁婉收買的丫鬟，他可不覺得真的是巧合，這一樁樁、一件件，都讓他覺得景濤待人上心到了骨子裡。

可是另一方面，這些事，他又完全不讓蕭小姐知道。而且景濤每次和人家碰面，都一點沒有要博得人家好感的意思。

上次他特意給景潯和安陽侯搭橋梁共事，本以為多創造了機會，結果倒好，總共也沒去幾次。

那日在公主府行酒令，這人當著那麼多人的面拿了蕭小姐的信物，晚上又出了那事，眼看著就要有進展了，結果前兒晚上人家姑娘來和他道謝說要請客時，他竟然從景潯的神色中看出幾分拒絕的意味來，這簡直太不應該了。

如若是他，礙於人家姑娘的名節，不明說也會暗示，若人家姑娘無意，那作罷也好，繼續努力也罷，總得有個表示。

景潯可不是膽小的人，說什麼怕對方知道了拒絕的理由，他可不會信，而且以景潯這條件，也不大可能啊。

景潯總給他一種很矛盾的感覺，總有一種偷偷對人家好，希望她知道，但真正落實呢，又瞞得死死的，且人家一有了回應，又立刻往後退。

元煜自己都覺得這個感覺有些荒謬，跟個縮頭烏龜似的，可完全不像是景潯的性子。

想到此，元煜心中忽然聯想到了什麼，看著對面彷彿陷入沈思般的景潯，正色道：「哎，我說潯大世子，你別是從哪兒學來欲擒故縱的歪招吧？」

景潯從沈思中回神，有些無語地抬頭看了元煜一眼。

元煜其實也知道不可能，不過是見景潯久久無言，故意刺激他罷了。

元煜身子往後退了退，頗有些語重心長道：「你可別聽別人亂出主意，那是我們這種花花公子才能玩的把戲，正經人可不興這個。若是真的喜歡人家，就得直接讓她知道，大膽一些。蕭小姐漂亮又可愛，家世也好，經過公主府那一回，傾心的人怕是多得數不清。男子嘛，外放些，不丟人，可別讓人家姑娘主動。」

這邊元煜苦口婆心，也不管人家有沒有在聽，說了一大堆，景潯卻始終沒有接話。直到元煜終於說累了，暫時住嘴喝了一大口茶，這才淡淡開了口。「說夠了？」

元煜。「……」

元煜一臉恨鐵不成鋼。「你到底聽進去了沒有？」

「該怎麼做，我自有分寸。當務之急還是先想想四皇子餘黨的事該怎麼辦吧。」

「你……」元煜一噎，半晌狠狠嘆了口氣。

罷了，他是白操心，等他以後後悔了，別怪自己沒提醒過他。

元煜想著，又惋惜的搖了搖頭。唉，可惜啊，看來還是得想辦法再約個時間才行。

元煜不再說話，車裡終於安靜了下來。

景潯慢慢垂下眼睫，歪頭靠在馬車壁上，閉上眼，掩去眼底漸漸浮上的一抹血色。

倒是讓元煜說對了，他哪裡是不想，明明他想靠近想得都快瘋了，可是他不敢，也不能。

呵，真像一個懦夫。景濤無聲地自嘲了一聲。

他已經情不自禁的靠近一次又一次了，每多一次他就後悔一次，可是下一次又會忍不住想靠近。以往沒有回應，他都無法自拔，如今有了回應，沒有人知道他有多欣喜，可是隨之而來的，卻是更加深沈的自厭和絕望。

另一邊，臨江軒雅閣內。

趙攸寧安靜地吃著自己碗中的酒釀小元宵，眼神卻始終沒有從對面沈默發呆的蕭灼臉上離開。眼看著蕭灼碗裡的那塊魚都快被戳成醬了，趙攸寧終於忍不住開了口。

「阿灼？阿灼？」

「嗯？」趙攸寧喊了兩聲，蕭灼才猛地回神，茫然道：「怎麼了？」

趙攸寧看了一下她的碗，蕭灼順著她的眼神低頭一看，頓時微微一愣，有些不好意思。「抱歉，我有些走神了。」

說罷將那碗魚肉醬推到一邊，重新換了一個新碗，挾了一塊魚肉慢慢挑著刺。

趙攸寧看她有些魂不守舍的模樣，無奈的開口道：「沒關係，皇上傳召，定然是有要事相商，這也是沒辦法的事，咱們再換個時間就是了。」

蕭灼點點頭。「我知道的。」可是臉上卻依然沒有笑意，跟朵蔫了的花似的。

趙攸寧也不知該如何安慰，只好默默幫她剔了一塊魚，挾到了她的碗裡。

過了一會兒，蕭灼吃完碗裡的兩塊魚肉便沒了胃口，放下筷子，勉強擠出一抹笑，道：「我吃飽了。」

趙攸寧早知她吃不了多少，不過她自己也吃得差不多了，便也放下了筷子。

原本趙攸寧準備吃完飯再去逛逛珍寶閣，不過現在看蕭灼這樣，估計沒那興致，體貼地道：「我瞧今日這太陽大得很，出去估計得曬脫一層皮，不如咱們今日還是先回府，改日再挑個清爽些的天氣一道出來，如何？」

蕭灼現在的確沒興致，聽趙攸寧這麼說，忙點了點頭，點完頭又覺得今日自己的狀態實在有些糟糕，又加了一句保證道：「下次我一定陪妳好好逛逛。」

趙攸寧一笑。「行。」

趙攸寧吩咐丫鬟先下去將兩人的馬車牽到門口，挽著蕭灼的手慢一步下樓。

沒想到兩人走到拐角，就見上次在公主府說要請蕭灼和趙攸寧去詩會，但被她們拒絕的張小姐和余小姐正順著樓梯上來。

看見她們兩人，張小姐和余小姐彷彿才知道她們在這兒似的，驚喜地抬頭笑道：「巧了，我聽聞這家新開的臨江軒口味不錯，特意來嚐嚐，沒想到蕭小姐、趙小姐妳們也在這兒。」

趙攸寧皮笑肉不笑的回了一禮。

裝得倒是好，不過這種把戲她可見得多了。如今蕭灼正是香餑餑，又不愛交際，下帖子不成，就特意佯裝巧遇來了。

趙攸寧淡淡道：「是啊，不過說巧也不巧，我們已經用完了，正準備回府呢，倒是不能陪張小姐和余小姐同坐了。」

說完微屈了屈膝，說了句借過，便帶著蕭灼直接錯身走了下去。

「哎……」張小姐張了張口，還想要說什麼，可是趙攸寧的腳步卻絲毫未停，下了樓梯直奔大門。

至於蕭灼，她現在正煩心著，也不太想應付，只錯身時禮貌地笑了笑，話都沒說一句。

張小姐只好將話吞了回去，看著兩人的背影呸了一聲。

「什麼東西！不過是仗著運氣好，才得了太后和長公主的賞識罷了，這就擺起譜來了，遲早得落得和梁婉一樣的下場！」

一旁的余小姐倒是沒那個膽子罵，有些戰戰兢兢地道：「人都走了，那咱們這飯……還吃嗎？」

「吃，為什麼不吃？」張小姐憤憤道：「來都來了，上樓！」

店門外，趙攸寧送蕭灼上馬車後才上了自己的馬車，兩輛馬車朝各自的府邸駛去。

進入車內，放下簾子，只剩自己一個人的時候，蕭灼臉上方才一直維持著的平靜再也裝不出來，失落又沮喪的低下了頭。

雖然知道是皇上臨時傳召，並不是故意失約，蕭灼還是忍不住有些難過，垂下的眸子裡隱隱有了濕意。

這可是她好不容易才鼓起勇氣提起的邀約呢，而且她還準備了這麼久。

蕭灼咬了咬唇，洩憤般揉了揉身上的裙子，揉完了又慢慢展開。如此重複了好幾次，蕭灼才終於洩了氣般地靠在了車壁上，嘆了口氣。

不過是意外失約罷了，為什麼她會這麼在意、這麼失望呢？

馬車很快停在了侯府門口，惜言和綠妍輕輕喊了一聲，蕭灼才總算止住了沈思，輕揉了下臉，下了車。

一下車，便有一個小廝模樣的人急匆匆從角落跑到蕭灼面前，彎腰將一封信遞了過來，小聲道：「蕭三小姐，我家主子寧府大公子著我將這封信捎給妳。」

# 第四十三章

這位寧公子便是趙攸寧那位從商的表哥，也是趙攸寧托其幫蕭灼找那畫像上當玉戒指之人的人。

這位寧公子也算是在鄴京中排得上名號的富商了，且因為與官宦之家的姻親關係，加之其名下所開的客棧、酒樓等都是消息靈通之地，平時少不得有人找他幫忙，所以與各官員家的公子也都有些交情。

那日在公主府，這位寧公子也在，趙攸寧便順勢引他們見了一面。當時蕭灼為了避免牽連到趙攸寧，和寧公子說了一聲，若是查到了什麼，直接送去侯府告知她即可。

莫非，這麼快就已經有結果了嗎？

蕭灼斂眉，帶著人往旁邊的角落裡讓了讓。

在這麼重要的事面前，蕭灼迅速壓下心中低落的情緒，接過小廝手裡的信，快速塞進自己的袖中，點了點頭。

「有勞了。」蕭灼道，隨後從綠妍手中接過荷包，拿了一錠銀子遞給小廝。「辛苦你跑一趟，這些錢給你打酒吃吧。」

那小廝也不扭捏，歡欣地雙手接過，一躬身，很快離去。

蕭灼輕吸了一口氣，神色如常地進府，一回到院子便進房關上門，迫不及待地打開了信。

這寧公子果真有些本事，不過同時也有巧合的因素。

信上說他先派人去和珍寶閣的掌櫃對了對細節，確認那人模樣、身形看著像是務農的，接著按照畫像，先在京郊附近的村戶裡暗地查訪了一番。

結果還真找著了幾個符合條件的。隨後透過調查這幾人，發現只有一個叫王大的是不久前才搬過來的，剛好在一個多月前進過城。最後再重新細畫了一幅王大的畫像給珍寶閣的掌櫃，果真確認就是這個人。

蕭灼盯著信的末尾留下的王大居住地址看了很久，手指捏著的地方都已經起了縐。

事關娘親之死的真相，蕭灼一刻也等不了，也不想因為等待而產生任何變數。

抬頭看了看日頭還早的天，蕭灼將寫了地址的那一行撕下來納入袖中，燒了剩下的信紙，隨後打開妝匣最下面一層，拿起玉戒指，打開門對著站在門邊的惜言道：「惜言，妳去備車，我還要再出去一趟。」

她現在要去找那個王大將事情問清楚，或者先把人抓回來也行。

惜言看著蕭灼焦急且嚴厲的神色，雖然不知道為什麼小姐剛回來又要出去，但還是應聲跑了出去。

倒是另一邊站著的綠妍，大著膽子走上前來道：「小姐，不是剛回來嗎？可是有什麼東西落下了？」

事關重大，惜言和綠妍在蕭灼眼中不過是兩個毛丫頭，所以她沒和她們說，免得徒增擔憂。

蕭灼努力做出輕鬆的表情道：「無事，丟了個東西，我出去找找。這次就不帶妳們去了，妳去把上次爹爹派給我的那幾個家丁叫來，讓他們隨我去即可。」

那幾個家丁是上次靈華寺一事後，蕭肅特意撥來供蕭灼出門去一些偏遠的地方時以備不時之需的，一共有六人，想來制住那個王大應當綽綽有餘。

綠妍當然知道蕭灼的話只是藉口，面上認真地提議道：「小姐，還是讓奴婢帶著他們去吧？今日奴婢一直跟著您，您去了哪兒，奴婢都知道，您跟奴婢說大概丟在哪兒就行。」

蕭灼一噎，有些不知道該如何圓。從上次她就知道綠妍這丫頭挺聰明機靈的，她還為此欣慰了許久，覺得自己無意撿到寶了，現在她反倒不這麼想了。

正不知該如何推託，惜言回來了。沒想到惜言也和綠妍一樣，許是上次公主府那事她不在蕭灼身邊，因此有了些顧忌，聽說蕭灼不帶她們兩個去，說什麼都不同意，非要一起。

蕭灼拗不過她們，也覺得都帶著家丁的確有些不妥，心念電轉間，將自己的計劃做了些調整。

將惜言和綠妍拉進房中，蕭灼再度關上門，鄭重道：「其實我這次出去，並不是丟了東西，而是要去辦一件非常重要的事，但是具體我現在還不能告訴妳們，等塵埃落定了妳們自會清楚。」

兩人聽完，面面相覷了一陣。

惜言咬了咬唇，道：「會有危險嗎？」

蕭灼安撫道：「今天應當是沒有的，不過是去見個人，況且還帶著家丁呢。」但若是真的如她所猜想的那樣，繼續往後查，她就不能夠保證了。

惜言看著蕭灼略帶凝重的臉色，也不自覺嚴肅起來道：「不怕一萬，就怕萬一，反正不管有沒有，奴婢都是要跟著小姐去的。」

綠妍也同樣點了點頭。

不可否認的，蕭灼在聽到這句話時，心中頓時湧上一股暖意。尤其是在揭露蕭嫵和惜墨表裡不一的醜陋心思後，再面對這樣毫無二心的純粹忠心，蕭灼更覺得珍貴。

罷了，蕭灼低頭笑了下，隨即又嚴肅道：「跟著我可以，但是不許多說，也不許多問，只按照我的吩咐行事，知道了嗎？」

二人都重重地點了點頭。

蕭灼轉頭看向綠妍。「惜言和我一起去，綠妍妳還是得留下來。」在綠妍開口發出疑問前，蕭灼繼續道：「妳一向機靈，我還有一件事需要妳去做。」

蕭灼拿出袖中那個寫著王大家地址的紙條，再看了一眼，將地址記在心裡，隨後交給綠妍，道：「如果兩個時辰後我還沒回來，妳就拿著這個去找爹爹，告訴爹爹我去了這個地方。」

經過上次靈華寺的意外後，蕭灼到底還是有些怕的，多這一手準備，總歸不是錯。說完，蕭灼想了想，又補充了一句。「一定要避開二夫人和二小姐。」

綠妍接過紙條，還是有些欲言又止，但是又想到了什麼，眸子閃了閃，將喉中的話嚥了回去，點了點頭。

吩咐完後，蕭灼便不再拖延，帶著人坐上馬車，往紙上寫的城外村落去了。

蕭灼一行人剛走，綠妍便緊隨其後出了府，直往皇宮而去。

王大住的這個村子，說遠也不遠，只是出了城還得穿過靈華山腳下的一片樹林，這一片林子十分茂密，陽光不大能照進來，顯得有些陰森。

不過還好林子不大，穿過去後眼前便出現一片田地，有一條小河從其中蜿蜒而過，數十戶人家依著田地和河流分布在兩側。

在靠近村口時，為了不打擾村裡人，也是不想打草驚蛇，蕭灼便下了馬車，帶著人走進村子。

這會兒過了午時，天氣不熱，正是下地的時候，所以村裡人不多，一路上並未引起什麼騷動。

王大的屋子在村尾。信上說這人整日好吃懶做，還喜歡喝酒，以前甚至還做過搶劫殺人的事，所以一直是一個人。

蕭灼看著這間比起其他人家要破落不少，且角落還堆著幾個殘缺不全的酒壺的屋子，肯定自己應當沒有找錯。

屋子的門掩著，但是沒有鎖，不像是出去了的模樣。

蕭灼讓四個家丁分散開來守在門外，另外兩個家丁則走上前，抬手敲了敲門。

# 第四十四章

蕭灼站在離門不遠處的地上，深深吐了一口氣，有些緊張地注意著門內的動靜。惜言也不自覺屏住了呼吸，雖然心裡有些害怕，還是本能地向前走了兩步，側身擋在蕭灼前面。

兩聲咚咚的敲門聲後，門內一片寂靜，屋裡像是無人一般。那名家丁隨之加重力道，兩次過後，裡面終於傳出了聲響。

「誰呀？」

是個男人的聲音，還帶著一股煩躁和疲憊。

應聲過後，便是離門越來越近的腳步聲。

蕭灼的心也不由得提了起來。

「吱呀」一聲，門被拉開了一半，一個如珍寶閣掌櫃所說的，三、四十歲黝黑粗壯的男子出現在門口。

男人似乎剛睡醒，半瞇著眼，一臉不耐煩地看向門外。待看清楚門外的架勢時，男人的眼睛猛地睜大，慌張地就要關門，只可惜敲門的兩個家丁已經先他一步抵住了門，隨後衝進去，一左一右將人牢牢挾制住了。

「你們是什麼人？竟然光天化日之下私闖民宅！放開我！再不放開我就去報官了！」男人一邊掙扎一邊喊著，只不過按住他的兩個家丁身強體壯，他的掙扎根本毫無用處。

兩人按著人退到屋子中央，惜言才扶著蕭灼慢慢走了進去。

蕭灼定了定神，語氣還算溫和，開口問道：「你可是王大？」

男人臉上滿是驚恐，抬頭看了蕭灼一眼，不知道眼前這些人的來路，緊抿著唇沒有說話。

蕭灼微微笑了笑，道：「你不用害怕，我並不是什麼壞人，也保證並無傷你性命的意思。只是有幾個問題要問你，只要你老實回答，我不但立刻離開，另外再給你一筆銀子，讓你還了賭債，如何？」

王大欠了賭債這事，也是寧公子的信上說的。

果然，王大原先一副惶恐害怕的模樣，聽到「賭債」這兩個字，忽地頓了一下，將信將疑的抬頭看了蕭灼一眼。

蕭灼再次肯定道：「你放心，此話絕對當真，我若是真的要對你做什麼，也不會挑這青天白日的過來，外頭的村民們可都看著呢。」

男人看了看門外還等著的人，似乎覺得除了相信也沒其他法子，顫著嗓子道：「是，我是王大。妳要問什麼？」

見他肯配合，蕭灼微鬆了口氣，隨後又將眼神定在王大的臉上，心中的那根弦又漸漸繃緊，從袖中拿出那枚玉戒指，放在攤開的手心上，拿到王大眼前能看清的位置。

「這枚戒指，你是從哪兒得來的？」

王大原以為是他的哪個仇家找來了，冷不丁聽蕭灼這麼問，還愣了一下，但等抬頭看清蕭灼手心上那枚玉戒指後，眸子又狠狠一縮，有些慌亂地搖了搖頭。「不知道，沒有，我沒見過這個戒指……」

蕭灼看著王大眼中的躲閃，臉上笑意頓收，將那玉戒指重新收了回去，一手敲了敲桌子，道：「兩個月前，這枚戒指是你拿到珍寶閣當了四十兩銀子，你的畫像我給珍寶閣的掌櫃確認過了。」

說到這兒，蕭灼微微壓低了聲音道：「王大，你還敢說你不知道？我方才只說了你若實話實說的結果，可沒說若是你撒謊會遭遇什麼。」

話落，蕭灼朝那兩個家丁使了個眼色，兩人一左一右踢了下王大的膝彎，王大撲通一聲磕在地上，頓時抖著嗓子喊道：「撿的！是我撿的！我那日出門，不小心在路上撿到這個，我見它應該是個值錢的物件，所以就拿去想當一點錢……」

蕭灼瞇了瞇眼，明顯不信。

輕輕摩挲了下那枚戒指，蕭灼淡淡道：「抬起頭來，看著我再說一遍。」

王大瑟縮著不敢抬頭，還是他身後的一個家丁出手，抓著他的頭髮讓他抬起了頭。

經過這段時間發生的事，蕭灼多少練出了一些魄力，這麼冷冷地看著別人的時候，多少有點懾人。

王大看著蕭灼泛著冷意的眼睛，嘴唇囁嚅幾下，支支吾吾地說不出話。

蕭灼冷笑一聲，詐道：「看來你是不想配合了，那正好，我與永富賭坊的掌櫃有些交情，你欠了他那麼多銀子，正好讓他幫我處理了你。」

蕭灼向兩個家丁示意，兩人立刻便要拉著人起來。

「別別！我說、我說！」王大看蕭灼的衣著打扮就知道不是普通人，這會兒終於知道怕了，死命抵抗著往地上一坐，求饒般道。

蕭灼微微抬手制止兩名家丁的動作，語氣帶了一絲急迫。「說！」

王大看了一眼圍在周圍的人，彷彿想起了什麼可怕的事情，過了一會兒才紅著眼，啞著嗓子道：「是……是我從一個死人身上拿下來的。」

蕭灼眸子一縮，緊緊攥住了袖角，有些顫抖道：「當時情形如何，說清楚些！」

已經開了頭，後面的話說出來就沒那麼難了。

王大低聲道：「大概是去年四月，我從姚城逃來這邊躲債，有一天路過一片樹林，天突然下起了大雨，我正找地方躲雨呢，剛好碰見了一群人在一個斜坡底下慌慌張張的挖坑。天有些暗了，我覺得那些人不像是好人，就躲在一邊看，然後就看到他們匆匆埋了幾個人，還隱約聽他們說夫人什麼的。」

說到這兒，蕭灼已經有些站不穩。

四月、姚城……時間和地點都對上了，若是王大沒有撒謊，那那些人埋的屍體……

蕭灼緊緊咬著牙關，努力讓自己保持鎮定。

站在蕭灼身後的惜言，也不可置信的捂住了嘴。

當日她見到這玉戒指就隱約覺得不對勁了，她是服侍夫人的人，也知道這玉戒指夫人從不離身。但是後來自家小姐將這玉戒指收了起來，沒怎麼再提，她便漸漸忘了此事。

沒想到小姐竟然在暗中查這件事，而且聽王大這番說辭，夫人的出事很可能另有隱情。

若真另有隱情，那最可能做這事的人是誰，惜言自然心知肚明，頓時震驚得睜大了眼。

王大急喘了兩口氣，語帶悔意，繼續道：「我當時身無分文，隱約看到被埋的那幾人身上的衣服像是富貴人家的，就大著膽子想上去碰碰運氣……」

說到這兒，王大的聲音越來越小。不過蕭灼也能猜到，大約是等那些人走了以後，王大又挖開了墳，見屍體身上果真有不少值錢的東西，所以順手牽羊帶走了。

蕭灼深吸一口氣。「既如此，你拿走的肯定不止一個，其他的東西呢？」

王大顫著聲道：「我拿完就後悔了，怕惹禍上身但又捨不得，所以很快就到不同的當鋪當了，只留下這個戒指。直到兩個月前我又賭輸了銀子，所以才拿到珍寶閣換了。」

說完，王大像是終於洩了氣似的，連連磕頭。「姑娘饒命，姑娘饒命，小的就是一時貪財，以後再也不敢了，求姑娘放過小的吧……」

蕭灼支撐不住地往後退了一下，惜言趕忙上去扶，自己也早已紅了眼眶，哽咽道：「小姐，您沒事吧？」

蕭灼嫌惡地看了王大一眼，閉上眼睛緩緩搖了搖頭，許久之後才慢慢道：「你可還記得那個地方在哪兒？」

王大一愣，隨後才反應過來問的是埋屍體的地方，慌忙點頭。「知道、知道，離這兒不遠，過一個山溝就到，小的現在就帶您過去。」

「最好你說的是真話，若有半句假話，我立刻讓人就地埋了你。」蕭灼看著王大，冷冷道。

現在天色還不晚，蕭灼一刻也沒耽擱，讓人押著王大在前面開路，直往王大說的那個地方而去。

這個村子本就是依山而建，王大的家位於村尾，出了門順著通過村子的小河一直往上游走，就能看到王大所說的山窪。

王大走走停停，似是邊走邊確認方向。

其實王大說的雖真，但蕭灼並未完全相信他，除了押著他的兩個人外，還一左一右跟著兩個家丁，以防他有什麼其他動作。惜言則扶著蕭灼，由兩名家丁護著跟在後面。

一行人順著山窪走了快一個時辰，果然看到一片地勢凹凸不平的山路，旁邊有一片樹林。

王大帶著他們走進樹林，左右踟躕了一陣，才終於在一個斜坡邊停下了步子，猶疑道：「應該是這兒，時間過得有些久了，我也記不大清了。」

蕭灼冷冷地看了他一眼，道：「挖。」

在王大身後看著他的兩個家丁得令，跳到了斜坡下面，拿著來時向村民借的兩把鐵鍬，挖了起來。

蕭灼緊攥著手指，盯著兩人的動作，時不時看一眼渾身顫抖抖，不敢出聲的王大。

半炷香後，其中一個家丁忽地小聲驚叫了一聲。「好像真的有東西！」

蕭灼和惜言心中一驚，正要上前察看。旁邊一直沈默著的王大，趁這個空檔忽地掙脫後面人的束縛，極快繞到蕭灼身後，一把推開惜言的同時，箝制住了蕭灼的肩膀。

蕭灼只覺得一陣暈眩，正要本能地躲開，王大另一手不知從哪兒變出一把小巧的匕首，冰涼的刀刃貼上了蕭灼的脖頸。

# 第四十五章

一切只發生在一瞬間，待蕭灼回過神來，所有的感覺便都集中在刀刃抵住脖頸處的那一片皮膚上。

蕭灼頓時不敢再動，只覺得腦子嗡嗡響，一陣一陣的發懵。

「別過來！你們敢過來我就殺了她！」王大瘋狂地喊道，帶著蕭灼不斷後退，手掐得蕭灼的胳膊生疼。

其餘人也全都慌了神，想上來救人，卻又顧忌著王大手裡的刀，不敢輕舉妄動。

「好大的膽子，你可知你挾持的人是誰？還不快放了我們家小姐！」

不知是誰說了一句恐嚇的話，原是想嚇唬王大，讓他放人。可王大現在已經有些發瘋了，哪裡聽得這話？聞言不但沒有放人，反而加重了手上的力道，蕭灼的脖頸頓時出現一條血痕。

縱使蕭灼再怎麼冷靜，也不過是一個剛及笄的小姑娘，哪裡遇過這種陣仗？緊張之下，脖頸處的疼痛反而更加明顯。

方才惜言被王大那一推，直接摔到了地上，一爬起來就看到這一幕，差點沒嚇哭出來。

「王大。」惜言抖著嗓子，儘量穩著聲音道：「快放了我們家小姐，方才不是說了嗎，只要你幫我們找到那戒指的主人，我們不但不會為難你，還會幫你還了賭債，你這樣是要自斷活路嗎？」

惜言緊盯著王大，希望他能趕緊鬆手，卻沒想到王大根本不吃這一套。

「別說這些屁話了，誰不知道你們這些權貴人家最喜歡當面一套，背後一套？以為我不知道？等我帶你們找到了東西，你們要做的第一件事就是殺我滅口。」王大忽地笑了兩聲，狠聲道：「我已經上了你們一次當，絕不會上第二次當，今天我就是要死，也要拉個墊背的！」

說完再次拉著蕭灼往後退了兩步，眼底的瘋狂與之前的畏縮判若兩人，看來真是做好了破罐子破摔的打算了。

「你……你先冷靜，別……」惜言的聲音都開始哽咽了，試探著趁王大不注意時往前跨了一步，見王大的手忽地動了一下，又趕忙退了回去，無措地緊盯著王大的動作。

蕭灼的手還抓在王大拿著刀的胳膊上，感覺到上頭傳來的顫抖，蕭灼知道王大心裡其實是怕的，也許不過是恐懼下的虛張聲勢，根本不是想同歸於盡。

蕭灼輕吸口氣，另一隻垂下去的手緊緊掐著自己的掌心，逼自己冷靜下來。

她還有好多事沒有做呢，娘親的死、她真正的身世，還有……給景濤的荷包，她還沒有繡完送給他，絕不能就這麼死了。

想著，蕭灼腦海中忽地出現上次在靈華寺時，景濤情急之下脫口而出的那句「妙妙」，還有她看過為數不多的幾次景濤的笑容，那麼好看，要是她死了，就再也看不到了，多可惜啊。

這麼想著，蕭灼覺得自己發懵的腦子終於清醒了一些，方才王大說的話也再次在她耳邊響起。

已經上了一次當，不會再上第二次，等你們拿到了東西，下一件事就是要將我滅口……

蕭灼微微仰頭，看著王大發紅的眼睛，緩緩開口道：「王大，我知道，你不過就是怕我會殺人滅口罷了。」

王大聽到她的聲音，猛地顫了一下，下意識又用了些力，但聽清蕭灼的話後又很快撤了下去。

脖子上再次留下了一道血痕，但是蕭灼沒去管，繼續道：「我知道，你不過是要活命。我是安陽侯府的小姐，你若真殺了我，那才是真的死路一條。你要是真想活，大可以劫持我一個人，等到了安全的地方，再把我放了，他們都是我的人，為了我的安危，絕不會追上來。」

大抵是蕭灼的神情太過篤定，王大的神情果真動搖了一下，但很快又消了下去。

「我憑什麼相信妳？我既然已經做了這一步，妳怎麼可能放過我？」

蕭灼極輕地笑了一下，道：「你讓他們備上銀子、車馬，過了幾個城池再放我也可以。天下之大，你孤身一人，我又不能把這天下翻開來。而且只要你能保證不動我，我便能保證放你一條生路，否則，我爹爹會做什麼，我就不得而知了。」

許久的沈默過後，王大看著蕭灼認真的眼睛，表情慢慢鬆動，轉頭看向對面站著的一群人，眼神定在已經嚇得臉色煞白的惜言身上。

「妳，馬上去幫我準備銀子、車馬，一個時辰之內送過來，別想著搬救兵，否則我立刻殺了她！」

惜言生怕王大真的失控，這會兒聽王大的話，哪敢不從，忙一邊往來時的路退，一邊舉起雙手，道：「好，只要你不傷害小姐，我馬上去辦！」

往後退了幾步，見王大果然穩定了些，惜言咬了咬牙，飛快往來時的路奔去。

惜言一走，兩方又恢復到對峙的局面，只不過很快安靜了下來，比之方才的劍拔弩張，要稍微緩和了一些。

王大再次拉著蕭灼後退一步，眼睛緊緊盯著對面的六個家丁。

暫時穩住了王大，蕭灼總算微微出了口氣，極輕極輕地噓了噓口水。

從這兒進城再回來，一個時辰再怎麼也不夠，不過還好他們的馬車就停在村外。

沒關係，就算來不及搬救兵，多拖延一點時間也是好的。

想到救兵，蕭灼再次想起靈華寺。

那一次也是遇到匪徒，可是兩相對比下，蕭灼才發現，那次因為有景潯在，她竟然連半點慌張都不曾有過，哪怕當時她與景潯只匆匆見過兩面，根本算不上熟識。

蕭灼的鼻子莫名有些發酸，都怪她，太不謹慎了。

要是景潯在，就好了。

正當蕭灼收回思緒，將注意力移回王大身上，準備趁他鬆懈伺機脫身時，耳邊忽地傳來一聲極細微的破空聲響。緊接著王大慘叫了一聲，手上的匕首霎時脫力掉到了地上。

蕭灼完全不知道發生了什麼事，但求生的本能讓她下意識狠撞王大一下，脫離了他的箝制。

可方才因為被王大制住很長時間，再加上極度緊張，蕭灼的半邊身子都已經麻了，一抬腳便右腿一軟。

蕭灼閉上眼睛，正準備迎接摔到地上的疼痛時，腰間忽地被一股力道扣住，撞入了一個溫暖且帶有些熟悉的懷抱。

蕭灼有些不可置信的睜眼，看清了眼前人的臉時，先是愣了一下，隨即不知怎麼，滿腹的委屈和害怕一齊湧了上來。

景濤的眸子黑沈得可怕，尤其是看到蕭灼脖頸上那刺目的紅，眼中甚至帶上了一絲細微的血絲。

確認人扶穩後，景濤的眼神緩緩移到還捧著手慘叫的王大身上，正要抬腳走過去，卻又整個人定在了原地。

蕭灼的手牢牢環在景濤腰間，臉也埋在景濤的胸口。許是受驚過度的緣故，整個身子還在微微顫抖，嗓子也啞得不成樣子。

「你……你怎麼才來啊？」

# 第四十六章

景潯的人一來，整個局面頓時逆轉。

蕭灼已經被救下，其他人便再也不用顧忌什麼。

沈遇俐落地吩咐人上前，將還在慘叫的王大捂住嘴，五花大綁了起來。隨後走到那幾個家丁旁問清情況後，留下兩個人繼續在那坡下挖掘，看看到底能挖出什麼東西。

做完這些後，沈遇才以手抵唇，輕咳了一聲，邁步走到不遠處的景潯和蕭灼那邊。

蕭灼這次是真的嚇狠了，到現在還緊閉著眼埋在景潯胸前，渾身微微發抖。而景潯似乎掙扎了一會兒，才終於放棄似的閉了閉眼，抬手在蕭灼的後背上一下一下地輕拍著安撫。

沈遇偏頭，忍不住笑了一下。

方才蕭灼撲進景潯懷裡時，景潯的表情全都落入他的眼中。一想到自家主子也會有表情空白的模樣，還是覺得有些驚奇。

沈遇走到景潯身邊，見景潯伸手比了個噤聲的手勢，便識相的吞下喉中的話，靜靜立在一旁。

走到半路被景潯一起帶回來的惜言跌跌撞撞地跑過來，也被沈遇伸手擋了回去。

不知過了多久，蕭灼才終於從極度的慌亂中平靜下來，呼吸漸漸平緩，耳邊也不再只有雜亂的嗡鳴聲，而是眼前人一陣一陣有力的心跳聲，蕭灼才後知後覺反應過來方才發生了什麼事。

她好像被人救了，救她的人還是景潯，然後……

蕭灼睜開眼，看清眼前月白錦袍上精緻的雲紋，以及其上一團未乾的水漬。手下意識緊了緊，卻發現自己的手似乎也扣在眼前人的腰上。

緩緩地抬頭，入目果真是景潯那張讓蕭灼見之心悸的面容。

天啊，她都做了些什麼？

「啊……」

蕭灼慌亂地驚叫了一聲，連忙鬆開還放在景潯腰間的手就急著往後退，可是方才那一歪不慎扭到了腳，有人支撐著還沒注意，一動腳便傳來一陣鑽心的疼。

不過這一次她還沒來得及反應，手腕就再次被景潯抓住，景潯順勢一手攬過她的腰，另一手穿過她的膝彎，將人打橫抱了起來。

這下不只蕭灼，一旁的沈遇和惜言都震驚地張大了嘴。

蕭灼的臉瞬間紅得徹底，手抵上景潯的肩膀，推拒著要下來。

景滈悠悠地偏頭看了蕭灼一眼。「別亂動，脖子上的傷口不疼了？」蕭灼推拒的動作戛然而止，不過不是因為脖子上的傷口，而是因為景滈不怒自威的語氣。

見蕭灼終於不再亂動，景滈偏頭將視線移到沈遇身上。

沈遇忙回過神來，低聲道：「稟世子，人已經制住了，坡下的東西，屬下認為十有八九是假的。」

景滈低低嗯了一聲。「這裡交給你了。」說完看了一眼往這邊瞟的家丁，補充道：「還有那幾個家丁，一併打發了吧。」

沈遇恭敬道：「是。」

吩咐完，景滈又冷冷看了一眼被制住的王大，隨後抱著蕭灼轉身往來時的路回去。

一路上，景滈一句話也沒有說。

雖然天色已經有些暗了，但是蕭灼離得近，景滈略微鋒利的側臉，完全落在她眼中。

雖然景滈平時的表情也是冷冷淡淡的，但是蕭灼就是看出來了，此時的景滈正在生氣。

蕭灼的心瞬間涼了下來。

為什麼呢？是因為她方才的舉動嗎？的確，人家好心來救她，她卻對人家又是哭、又是抱的，任誰都會覺得她輕浮吧，更何況景潯一向不喜與人親近。

蕭灼咬了咬唇，有些難堪地低下了頭。她的形象算是徹底毀了，景潯會不會再也不想與她有何瓜葛了？

可是……

蕭灼看看景潯還環在她身側的手。

他……為什麼要抱她呢？

景潯不出聲，蕭灼也不敢出聲，一路沈默地走回村子。

蕭灼的馬車已經被趕到了王大家附近。景潯讓一直跟在後面的惜言上了蕭灼的馬車，自己則抱著蕭灼，上了同樣停在旁邊的乾王府的馬車。

小心翼翼地將人放在鋪著軟墊的馬車內，景潯打開早就準備好的藥箱，拿出一塊乾淨的布巾，終於開口說話。

「偏頭。」

蕭灼眨了眨眼，微微偏頭。

許是時間久了，脖子上的那點疼已經習慣了，再加上一路上蕭灼的目光全都定在景潯身上，都快忘記自己脖子上的傷了。

這會兒一偏頭，又拉扯到了傷口，疼痛再次襲來，蕭灼微微皺眉，還未乾的眼睫再次浮上些許濕意。

景潯拿著布巾的手頓了頓，先擦乾淨傷口周圍的血跡，才慢慢覆上了傷處。

「嘶……」

一股刺痛從傷口處蔓延，蕭灼輕吸了口氣，忍不住往後躲了躲。

景潯手立時停住，眼中心疼和怒意交替變換。

他真想抓住眼前人問問，她知不知道自己這樣單獨行動有多危險？知不知道若是他晚來一步，會造成什麼樣的後果？

可是當景潯看著蕭灼怯怯地垂著眼眸，低著頭不敢說話的模樣，這些氣怒的話，終是無法說出口。

輕嘆了一聲，景潯認命的低頭，對著傷口輕輕吹了吹。「忍著點，很快就好了。」

完全不似方才的溫柔語氣，蕭灼渾身僵硬了一瞬，剛消下去的熱意再次從傷口處逐漸蔓延到全身。

蕭灼放在膝蓋上的手緊了緊，鼓足勇氣抬頭飛快看了景潯一眼。

景潯的眼睛完全定在蕭灼的傷口上，並沒有注意到她的小眼神。蕭灼微微吐了口氣，忍不住再次看了過去。

正出神間，景潯冷不丁來了一句。「看什麼？」
「啊？沒……」蕭灼忙收回眼神，想用手遮一遮自己泛紅的臉頰，卻在抬起的同時，就被景潯按了下去。
「不要亂動。」略帶無奈的語氣。
蕭灼對方才景潯冷著臉的模樣還心有餘悸，忙乖乖放下了手，只是臉上的熱意卻不減反增。
傷口已經清理得差不多，景潯拿出紗布輕柔地一圈一圈開始包紮，指尖偶爾碰到蕭灼的脖子，引起一陣細微的顫慄。
馬車裡安靜極了，只能聽到兩人交錯的呼吸聲，以及紗布包紮的沙沙聲。還有景潯身上那股若有似無的淡淡檀香氣息，時不時鑽入蕭灼的鼻尖。
許是氛圍太過不對勁，蕭灼覺得自己要是再不說點什麼，人就快被烤熟了，於是咬了咬牙，問了一個從方才起她就很困惑的問題。
「你……怎麼知道我在這裡的？」
景潯手下動作未停，淡淡道：「蕭侯爺也在宮中議事，妳的丫鬟在宮門口等他，但是我先出來了。」
「哦。」原來是這樣。這會兒都過了這麼長時間，綠妍早就該急了。想必是遲遲等不到爹爹，所以見景潯出來，經過上次公主府的事，綠妍應當覺得她與景潯交好，就先向景潯求助了。

蕭灼抿了抿唇，忽然有些沮喪。

這都多少次了，每次她出什麼事都能叫景潯撞上，還總要麻煩人家給她收拾爛攤子。若換作她，她也覺得煩，怪不得景潯生氣呢。

蕭灼低著頭，看著景潯因為幫她上藥而微微挽起的寬袍袖角，不知是出於抱歉還是其他她未察覺的心思，蕭灼的手動了動。

鬼使神差地，在景潯俐落地打了最後一個結，拿起紗布正準備退開時，蕭灼忽地伸手，拉住了景潯的衣角。

# 第四十七章

這個動作完全是蕭灼下意識的反應，不過還好她這次很快就反應了過來，在景潯看過來之前就鬆開了手，低下頭，掩飾般道：「對不起，又給你添麻煩了。」

說出這話的時候，蕭灼是真的愧疚，說完就洩了氣般靠在馬車壁上，並沒準備等景潯回答。況且，她覺得以景潯的性子，估計也是默認。

卻沒想到眼前人微微頓了一下，隨即輕輕嘆息了一聲。「妙妙，在我這兒，妳的事，多大都不是麻煩。」

極輕極輕的一聲，輕到蕭灼都以為自己聽錯了。當她反應過來自己聽到什麼時，景潯已經退了開來，將手中的紗布放回藥箱，輕輕掀起蕭灼遮住腳踝的裙角。

意識到景潯要做什麼，蕭灼渾身一顫，趕緊將腿往回縮，說話都有些語無倫次。

「不用了，我、我自己來就好。」

「扭傷了腳若是揉的方式不對，可能會越揉越難好，妳會？」景潯沒有阻止蕭灼的動作，只是保持著蹲下的動作，一手撐在膝蓋上，微微偏頭道。

蕭灼。「……」

這……她還真不會。

景潯輕笑了一聲，伸手將蕭灼縮回去的腿拉了回來，一手輕輕搭上腳踝處，微微用力道：「是這兒？」

蕭灼嚥了下口水，點了下頭。

景潯將蕭灼的襪子褪下來些，往手裡倒了些藥油，覆了上去，緩慢地揉按起來。

從指尖傳來的熱度，混雜著微微的疼痛和酥麻的感覺，從腳踝處傳遍全身，但是比起脖子上的傷，還是可以忍受的。

姑娘的腳是極私密之處，從小到大，除了娘親，便沒有人碰過她的腳了。

可是當景潯的手碰上去的時候，蕭灼除了臉紅耳熱之外，完全沒有任何牴觸，反而想到一些令她難為情的寓意，甚至心裡還為這隱秘的親近而有些開心。

車廂內再次安靜下來，所以蕭灼聽自己的心跳聲格外明顯。

咚咚……咚咚……

還有方才景潯說的那一句話。

她聽得清楚，可又覺得像幻覺一般，甚至都不敢確認。

一想到這句話裡面可能包含的意思，蕭灼就覺得自己的心都要跳出來了。可是再看說完這話的人那冷靜的模樣，她又覺得估計是自己想多了。

畢竟他們兒時認識，也許景漘就是個念舊又愛幫助別人的人呢？

……說實話，這話蕭灼自己都不相信。

「好了。」

還是景漘的聲音將蕭灼紛亂的思緒收了回來。蕭灼見景漘收回手，忙將腳縮了回來，小聲道：「謝謝。」

景漘沒有答話，拿起布巾擦淨手，身子微微向後斜靠在馬車壁上，眼神從蕭灼脖子包好的紗布上掃過，最後定在蕭灼的臉上。

「好了，現在可以說了，為什麼？」

「嗯？」蕭灼抬頭，有些茫然地眨了眨眼睛。「說什麼？」

景漘道：「為什麼一個人來這兒？」

這……

蕭灼有些糾結的抿了抿唇。她之前也動過向景漘求助的念頭，只是因為兩人還不大熟悉，所以被她打消了念頭。可是現在看來，光是她自己想要查清，估計難得很。

但是自己已經給景漘添了不少麻煩了……

「只要是妳的事，就都不是麻煩。」景漘再次強調，語氣甚至還帶著一絲微不可察的氣怒。「妙妙，有什麼事都可以跟我說，今日這事既然已經讓我碰到了，即使妳不說，我也能自己查到。」

這一次，蕭灼確定不是幻覺了，心像是被什麼東西撞到了一般。她咬了咬唇，沒怎麼猶豫的便將事情和盤托出。

也正是這時，蕭灼才猛然發現，她對景潯早已是毫無保留的信任，猶豫的也不過是怕給他添麻煩。

至於為什麼會這樣，蕭灼心裡隱約知道了答案，只是還不太敢確認。

將事情從頭到尾說了一遍，包括那枚戒指，蕭灼也拿了出來。

末了，蕭灼低著頭，正想著要不還是硬著頭皮請人幫個忙，景潯已經先一步拿起她手中的玉戒指，仔細端詳了一番，道：「我知道了，此事我會去調查，妳只須好好養傷即可，有消息我會派人告知妳。」

蕭灼微微睜大了眼，沒想到景潯竟會直接應承下來，一時反倒有些慌亂，下意識開口拒絕道：「其實不用，這畢竟是我的事，而且王大也抓到了，想必再往後查，應當不是難事。」

景潯說是那麼說，但這畢竟不是小事，萬一人家只是剛好碰上了，所以順勢說了呢？

卻沒想到景潯聽完這話後，原本還算平和的眼神驟然變得銳利起來，似是一直壓抑著的氣怒終於爆發。

「再往後查？妳想怎麼查？還如今日這般自己單獨行動，然後再如今天一樣將自己置於險境嗎？」

蕭灼被景潯陡然提高的語氣驚了一下，不知道他為什麼忽然這麼生氣，有些無辜地小聲道：「我……其實今日是個意外，我為了以防萬一，還特意多帶了些人，只是沒想到王大會突然來這麼一手而已。」

景潯看著蕭灼因為忽然驚嚇而睜大的漆黑眸子，因為之前的疼痛，濕意還沒散去，水汪汪的和小鹿似的，茫然又無措。

他懊悔地嘆了口氣，揉了揉眉心，恢復溫和的語氣道：「抱歉，不過總而言之，這件事交給我，妳只管好好養傷便是。」

蕭灼愣愣地看著他，還沒做出反應，就見景潯說完後，便將頭偏向了一邊，淡淡道：「既然傷口已經處理得差不多了，男女有別，再待在一輛馬車上怕是不合適，我還是先下車，讓妳的丫鬟進來服侍妳吧。」

蕭灼見他話落便真的要起身叫停馬車，忽地有些慌了，方才積累的疑問一股腦的湧了上來。

「等等。」蕭灼幾乎是緊隨其後出了聲，同時身體前傾，想要攔住景潯，卻忘了自己腳下的傷，一時有些脫力，伸出的手順勢下滑，勾住了景潯的手。

此時此刻，蕭灼急著將心裡的疑問問出口，也顧不上這些不對勁了，見景潯的動作停了下來，便迫不及待地問道：「為什麼？潯世子為什麼對我這麼好？還有，你之前說的那句話，是什麼意思？」

為什麼要對她這麼好，一次又一次的幫她將事情攬下來，為什麼總能在她最危險的時候及時出現，為什麼會說出「只要是她的事，多大都不算麻煩」這樣的話？

只是因為兒時的交情嗎？蕭灼不信。

她現在迫切得想知道答案，一刻也等不了，而且過了這一回，她也不知道下次還能不能鼓起勇氣再問。

車廂裡的空氣像是停滯了一般，景潯緩緩轉過頭來，看著蕭灼微微抬起的臉上含著疑問、迫切和些微期待，神色晦暗不明。

蕭灼的手指攀在他手上，肌膚細膩柔軟，帶著溫熱的暖意，不只是攀在他的手上，更像是攥住了他的心一般，讓他喘不過氣。

也許是太過於緊張的緣故，蕭灼無意識收緊手指，同樣也將景潯的手握緊了些。

景潯的眼底忽地染上一層薄紅，一路趕來的擔憂、看到蕭灼身陷險境的驚怒、害怕再次失去她的恐懼，更多的是，從再次看到她的那日起，直到今日的隱忍壓抑，都在蕭灼這一動作的牽引下，頃刻土崩瓦解。

他再也忍不住，反手扣住蕭灼的手腕，傾身上前，似乎用盡全身的力氣般，覆上了蕭灼的唇。

為什麼會說那樣的話？

比起語言，或許行動才是最好的解釋。

# 第四十八章

孩童的記憶大多是從四歲開始清晰，五歲以前，則多是由一些簡單零碎的片段構成。

而景潯記憶的開始，則是一個玉雪可愛的女娃娃，無視面前一推抓週用的精緻小玩意兒，爬都爬不穩的從小桌子上，歪歪扭扭的蹭到桌子邊，一頭撲進了他的懷裡。

景潯也還小，被撲得腳下一歪，多虧後面的大人扶著，才沒有摔到地上。

景潯難以形容當時的感覺，他不喜歡小孩子，覺得麻煩還吵鬧。他不只參加過一次小孩子的滿月和抓週宴，從來只是遠遠觀望，只有這一次，他看著小娃娃黑葡萄似的眼睛，直勾勾地看著他，不知不覺就走到矮方桌邊，然後，就被撲了個滿懷。

小娃娃像個綿軟的小麵團似的黏在他身上，鼻尖滿是娃娃身上淡淡的奶香味，沒有他想像中的難聞，反而意外的好聞。景潯沒有如從前一般，忙不迭遞給旁人，而是下意識緊了緊手臂。

周圍的大人們都因這情景笑得開懷，互相說著有緣之類的話，懷裡的小娃娃似乎也被這笑聲感染，咧開沒長幾顆牙的小嘴，響亮地在景潯臉上親了一口，蹭了他一臉口水。

那一年，景潯四歲。

乾王府勢力正盛，頗受皇上信任，爹爹與娘親恩愛和睦，他則是乾王府中的嫡長子，含著金湯匙出生，從小聰慧。而這個小娃娃，則是與乾王府同時獲封的安陽侯府的小小姐，兩家交情匪淺，一切都是那麼令人稱羨。

只可惜綿軟小女娃生來就有些不足，一直居家休養，連門都不得出。

許是上次抓週宴時，這小女娃表現出對景潯不一般的喜愛之情，兩家又交好，所以安陽侯夫人便時常派人來接景潯過去，想讓景潯陪她玩。

景潯的娘親乾王妃知道景潯的性子，一開始還怕小孩子不懂事，萬一嫌煩再衝撞了小娃娃，所以還是先問過景潯的意見。沒想到景潯非但沒有如她所想一般急著拒絕，反而破天荒的答應了。

乾王妃驚訝之餘，也是真的高興。乾王府裡沒個同齡孩子，她也怕這孩子從小不大愛笑就是孤獨所致，如今他願意與人玩耍，乾王妃自然求之不得，高高興興的應承了下來。

其實景潯也不知道自己為什麼會答應，畢竟他雖然不討厭那個小娃娃，但是被抹一臉口水的感覺，他還是不太喜歡的。

可是這些疑問，都在他走到小娃娃面前，看到原本有些昏昏欲睡的小娃娃，見到他忽地雙眼發亮地笑了出來時，就全都懶得去探究了。

許是身體不大好的緣故，小傢伙精神好的時間總是不太長，但是只要有景濤在旁邊，就總是笑著的，努力伸長手臂，想去抓景濤的衣角。

景濤看著小娃娃亮晶晶的眼睛，便會忍不住將自己的手伸過去。小娃娃的手十分小，很是柔軟，只能握住景濤一根手指，但是力氣卻不小，一抓住便格格笑著，再也不放開。玩累了，就這麼抓著景濤的手睡了過去。

至此，安陽侯夫人便時常在午後，看到自家玉雪可愛的小女兒和一個同樣精緻無匹的小公子，一起在窗邊的軟榻上呼呼大睡的情景。自家女兒的手，還緊緊攥著小公子的一根手指，而小公子白嫩的臉上，也總是會留下一些可疑的水痕。

景濤知道了小娃娃的名字——蕭灼。桃之夭夭，灼灼其華。安陽侯夫人希望自己的女兒可以一直活得明豔、熱烈。可是比起小娃娃的名字，景濤更願意喊她的小名「妙妙」，美妙的妙，奇妙的妙。

隨著妙妙的逐漸成長，對景濤的依賴卻不減反增。學走路時非要景濤牽著才肯邁步，吃藥時也非得要景濤先喝一口，確定不苦了才肯下口，還總喜歡跟在景濤後面，奶聲奶氣地喊「漂亮哥哥」。

景潯雖然小，卻早熟得很。一聽這個稱呼就臉紅得厲害，無奈根本改不過來，只好隨時在身上備了糖塊，一聽她說就趕緊餵一塊，看著小姑娘咂嘴的小模樣，自己也笑開來。

乾王妃見自家兒子頭一回與小姑娘玩得這麼好，兩家關係又近，便打趣說給小景潯和小妙妙訂個娃娃親，等小妙妙長大了，給他做世子妃，還問他願不願意。

娃娃親和世子妃是什麼意思，小景潯是不懂的，但卻知道這應該意味著他們可以一直待在一塊兒。

如果是這樣，他是非常願意的。

原本以為日子可以一直這樣歲月靜好，小景潯可以慢慢等著妙妙長大，卻沒想到好景不但不長，還短得如此猝不及防。

景潯記得那是一個下著小雨的天，陰沈沈的壓得人有些喘不過氣來，已經七歲的景潯送走了夫子，正準備去給已經有了身孕的娘親請安，卻在踏入主院的同時，聽到了娘親隱忍壓抑的哭聲。

看到景潯進來了，乾王妃慌忙擦了擦眼淚，勉強露出一絲笑意。問他餓不餓？今天讀書累不累？卻對景潯慌張的疑問隻字不答。

不過即使乾王妃不說，沒過多久，景潯便自己知道了答案。

原來是一向以深情為人稱道，府中多年只有娘親一人的爹爹，終於也忍不住落入了世俗，在娘親懷孕期間，迎了一位年輕貌美的二夫人入了府。

據說這位二夫人乃是當今最得寵的四皇子之母宸妃的表妹，家世不俗，卻癡戀乾王已久，甘願以側室身分入府，引得人唏噓又憐愛，賺足了大家的同情。完全忘了以往是怎麼稱讚乾王與乾王妃恩愛不移，如今卻變成了有情人終成眷屬的阻礙，無恥又可笑。

二夫人一入府便是專房之寵，乾王妃終日以淚洗面，也因此傷了身子，不慎小產，身體自此每況愈下。

只有七歲的小景潯不懂，為何不過短短幾年光景，原本幸福美滿的家就變成如今這樣？他眼睜睜看著這一切發生，卻無能為力，能做的只有每天陪著娘親，給她說話解悶。

他也曾試圖去求過父親，求他多來看看娘親，卻一次又一次被父親不耐煩的驅趕，終於寒了心。

也是從這時開始，景潯第一次知道，原來一個人的心可以變得這麼快，這麼毫不留情，讓還期待他能回心轉意的人，愚蠢得像個笑話。

他無法再時常去安陽侯府，只能每個月偶爾抽出一些時間去一次，看著小娃娃笑得喜人的模樣，成了他最輕鬆的時候。

可惜沒過多久，因乾王府與安陽侯追隨勢力的轉變，連這偶爾的慰藉也隨著乾王與安陽侯的斷交而徹底斬斷。

乾王妃的身子最終還是沒能調理好，在景潯八歲那年冬天離了世。小小的景潯沈默著給母親送靈守孝，似乎十分平靜地接受了家中的劇變。

同年八月，二夫人順理成章地被扶正，乾王府也再不是以前的乾王府。

景潯看著二夫人漸漸將府裡的下人換了一輪，看著父親對二夫人所出的庶子、庶女們萬般寵愛，看著父親開始與二夫人娘家的官員交好，而他在自己家裡，活得像個外人。

終於，景潯的外公楊太傅看不下去，派人將景潯接進楊府，將身處黑暗的景潯短暫地拉入了光明。

楊太傅是先帝的老師之一，為人正派，又只有乾王妃一個女兒，一向疼愛得緊。乾王妃離世後，楊太傅生了一場大病，一夜之間像老了十多歲。他雖知道自己女兒受了委屈，可是對方是乾王，他也無能為力，唯有抱著景潯痛哭了一場，隨後便將自己的所有精力放到了景潯身上。

景潯也不負所望，小小年紀便展現過人的才智，被先帝大加讚賞，准許其與宮中皇子一同讀書習武。

也是從這時開始，乾王終於將目光放到了景潯身上，想將景潯接回來，只是同時遭到如今的乾王妃，以及楊太傅的暗中阻攔。

那時景潯已經過了十歲，因為早熟的關係，對官場中的曲折已經了解不少。

他知道乾王妃與四皇子母家的關係，所以便與二皇子和穆王世子越發交好，久而久之，乾王要接他回去的念頭也漸漸淡了。

不過這並不是最讓景潯高興的事，景潯不想離開楊府的真正原因，其實是楊府與安陽侯府幾乎毗鄰，楊府後院的藏書閣樓正對著安陽侯府內，他最熟悉的其華軒。

從十歲到十六歲，這裡成了景潯最喜歡的秘密花園。他可以一整日坐在閣樓上，看著其華軒裡的小姑娘一日日長大，跟在娘親的後面跑兩步，歇一歇，由小丫鬟帶著在院子裡放風箏。耳邊似乎還能聽到她那歡快的笑聲，然後自己也想像跟著一起開懷地笑。也會在小姑娘因為體弱，整夜發燒時，一邊陪著、一邊默默的祈禱，直到小姑娘健健康康地在院子裡玩時，才如釋重負般鬆了一口氣。

雖然因為父輩的關係，他們無法再見面，但景潯卻依然用自己的方式陪著小姑娘長大。在她開心時替她吃一顆糖，在她難過時陪她一起流淚。他因此感激上蒼，甚至不那麼怪他那個不負責任的父親。

同時，什麼東西也隨著這日復一日的陪伴而逐漸壯大，與景潯的生命牢牢扣在一起，成為他所期待的未來，讓他擺脫過去的沈默陰鬱，長成一個意氣風發的少年。也讓他在變故再次到來時，有了勇氣坦然面對。

景潯十六歲那年，楊太傅離世，同時先帝的身體也大病、小病不斷。四皇子和二皇子的鬥爭，終於從暗處浮出水面。

四皇子最受寵，但是二皇子卻是名正言順的嫡長子，再加上皇后的母家勢力不可小覷，雙方雖然有過短暫的勢均力敵，但最後依然是二皇子入主東宮。

冊立太子的那天晚上，景潯被二皇子元燁召入宮中。

二皇子對他說，他雖然取得了太子之位，但是西南戰事未平，父皇說他手下沒有真正有戰功的人，太子之位依然不穩。

景潯當然知道二皇子這話是什麼意思，也早就為此做好了準備。

乾王因為續弦乾王妃的原因，站在四皇子那邊，待日後二皇子登基，乾王府必不會留。

他雖從小與二皇子交好，可畢竟是乾王府的人。皇族中人向來多疑，二皇子想留景潯，卻始終因為他乾王嫡子的身分不敢全信，試探在所難免，否則說是戰事，又怎會只召他一人入宮？

景潯微微一笑，坦然請旨出征，只是求二皇子答應他一個請求，那就是待他順利歸來，便准許乾王除爵養老，算是報答他的生育之恩，同時他的一切，與乾王再無關係。

二皇子當然答應，並許諾若他真能凱旋歸來，有何願望盡會滿足。

景潯等的就是這句話，就算二皇子不提，他也會主動請纓出征。

因為他需要用戰功脫離乾王府，獲得自己的爵位，風風光光地贏取他喜歡的小姑娘。

就這樣，景潯成了最年輕的先鋒將軍，並以驚人的速度一路披荊斬棘，收復幽州十四城，一時之間聲名大噪，成了鄴朝無人不知、無人不曉的人物。

可惜老天似乎和他開玩笑開上了癮，就在他即將帶著赫赫戰功歸朝時，卻在最後一戰的戰場上，中了敵人的毒計，身中劇毒，奄奄一息時，被以前機緣巧合認識的一位神醫搭救，帶去與世隔絕的青遙山，這一走，就是六年。

一步錯過，便步步錯過。待景潯終於解了毒回到京城，得到的卻是自己心愛之人不僅已經在兩年前嫁了人，且意外失足落水而亡的消息。

聽到這個消息時的感覺，景潯已經記不太清了，只知道自己渾身都在疼，想問問老天為何讓他治好了病，卻又和他開這樣一個玩笑？早知如此，為何不讓他直接死了乾淨？

不過很快的，他就知道了原因。

他的妙妙並不是失足落水，而是被人蓄意謀害。
或許，他沒有直接死，便是老天想讓他親手為心上人報仇吧？
景潯不知道該笑還是該哭，不知道該憎惡老天，還是感謝祂？
最後，景潯在半個月內，以雷霆手段將鄭秋顏、蕭嫵、賀明軒以及所有參與此事的人，一一料理乾淨，然後默默地坐在楊府的閣樓上，看著其華軒的方向，獨自喝了一夜的酒。在旭日初升之時，從閣樓上縱身一躍，帶著滿身未盡的遺憾。
許是老天也覺得給予他的這一生太過慘淡，所以大發慈悲地又給了他一次機會。
當景潯再次睜眼，看到的卻不是漆黑的陰曹地府，而是他曾經待了六年的那個山洞。時間是兩年前，對他來說如噩夢般的一切還沒有發生。
「沈遇，馬上備車，我要回鄴京。」
「可是，主子，您的毒還未全解，若是半途而廢，只怕是撐不了多久啊！」
「不用多說了，備車吧。」
他的世界本就是因為妙妙才有了顏色，沒了她，再長的生命他也不想要。
這一次，他要牢牢地守在她身邊，在他的生命走到盡頭前，為她除去一切障礙。

# 第四十九章

蕭灼大著膽子猜想過景潯說那些話的意思，也是趁著一時腦熱，將這話問了出來。只有一瞬間的等待，在蕭灼腦子裡卻像是過了許久。腦海裡閃過很多可能得到的答案，是因為兒時的交情再加上剛好碰上了，所以順便幫一把？還是……真如她所想般，景潯也對她有意？

光是想著第二個答案的可能性，蕭灼便開始極力壓抑自己快要跳出來的心，免得期望越大，失望越大。

可她萬萬沒有想到，這回答竟會如此出乎她意料。

當景潯的唇覆上來時，蕭灼所有思緒都在剎那變成空白，眼睛倏地睜大，隨後便被景潯壓著倒在馬車內鋪著的軟墊上。

即使在這個時候也沒忘了蕭灼脖子上的傷，一手輕輕扶住她的臉，避免動作牽扯到傷口。但是景潯的吻來得熾熱又猛烈，像是用盡全身的力氣，許久以來的隱忍在這一刻盡數爆發，溫熱的唇在蕭灼唇上重重碾過，間或輕咬。

淡淡的檀香混合著草木香味縈繞在蕭灼鼻尖，以往讓她不自覺安心的味道，此時聞起來更使得她醺然欲醉。

景澪居然在吻她？蕭灼心中的不可置信快要將她淹沒，已經不知該做何反應，甚至有些分不清到底是夢境或現實，只能隨著本能慢慢閉上眼睛。

一瞬的呆愣過後，唇上的感覺越發清晰，沒過一會兒，蕭灼便忍不住開始往後躲。景澪太過用力了，咬得她生疼。

結果可想而知，這點小小的躲閃很快便被景澪安撫了下去，同時也滿含歉意的放輕了動作，鄭而重之地一下下輕輕啄吻在蕭灼的嘴角。

許久後，景澪才終於停下動作，連忙往後退了一步，卻又抑制不住般極輕極輕地將蕭灼的頭靠在了他的肩膀上，嗓音微啞。「對不起，妙妙，是我唐突了。」

這句話總算將蕭灼的思緒拉了回來。

蕭灼像是如夢初醒般，後知後覺臉紅了個透澈，渾身僵硬地靠在景澪的肩上，想伸手推開，但是手動了動，又放了下去，同時心底也湧起一股無法忽視的羞恥感。

雖然鄴朝民風開放，男娶女嫁並不只拘泥於父母之命，媒妁之言，公子、小姐有了心儀之人，私下表明心跡之事也常有。可是蕭灼畢竟從小深居府中，這些都是在唱詞、話本上看來的，哪經歷過這些？

而且景澪一句挑明的話都沒說，就這麼忽然吻她，蕭灼覺得正常姑娘的反應，應當是狠狠推開，再甩一巴掌過去才對。

可是不知怎麼的，她不僅不覺得反感，反而捨不得推開，甚至心裡還有一些她自己都不願意承認的狂喜。

過了好半天，蕭灼才忽然想起還沒回答景潯的道歉，吶吶地從喉間道：「無、無事。」

聲音極輕。

不過景潯還是聽得清清楚楚，忽地發出一聲輕笑。

他的妙妙，為什麼這麼可愛？

蕭灼被他笑得一慌，但是知道自己的臉現在肯定紅得完全不能看，所以完全不敢再說話，也不敢起來。只能愣愣地任由景潯抱著，嗅著景潯身上傳來的清冽氣味，輕輕地深呼吸幾口，好在景潯說話前，讓自己的心跳和身上的熱意快些降下來。

車廂再次恢復安靜，耳邊只餘從車外傳來的馬蹄聲和車輪轉動聲。

蕭灼總算鬆了口氣，正覺得緩得差不多，準備從景潯懷裡出來時，景潯卻忽然開了口，聲音低沈，細微的熱氣從蕭灼耳邊拂過。

「妙妙，我心悅妳。」

平靜的湖面再次掀起波瀾，這一句表明心跡的話，比方才那個吻還要來得讓蕭灼震驚和狂喜。

蕭灼的手都有些抖，眨著水汪汪的眸，從景潯懷裡退出來，盯著景潯的臉，猶疑道：「你方才……說什麼？」

景潯看著蕭灼滿是不敢相信的眼神，心中懊悔又心疼，暗罵自己為什麼不早點說出來，讓人等這麼久。

正要開口再說一遍，馬車卻突然停了下來，趕車的小廝在外面隔著馬車車簾道：「世子，蕭小姐，安陽侯府到了。」

景潯看著眼前人期待的眼神，寵溺地笑了笑，道：「是，妳沒聽錯，我心悅妳、喜歡妳。」

這次是真真切切地確認了，蕭灼的眼睛倏地亮了起來，嘴角的笑意怎麼壓也壓不住。

自從娘親離世，再加上後面發生那麼多事，蕭灼比起以前敏感沈默了許多，就連父親都說她變得成熟穩重了不少。可是這時候，可能連蕭灼自己都沒有意識到，自己就像個得到想了很久的糖果的孩子，第一次這麼坦率的表達自己的高興和歡喜。

看到蕭灼亮晶晶的眼睛，景潯心裡也滿是愛意，不過他還沒有完全失去理智。

他伸手捧住蕭灼的臉，防止她動作太大牽扯到傷口，聲音溫和道：「抱歉，其實早該與妳說的，只是因為一些原因，才拖到了現在。」說到這兒，景潯的眼神暗了暗。

蕭灼仰著臉看他。「什麼原因？」

景潯笑了笑，沒有直接回答，而是掀起馬車窗簾看了看，道：「如今天色已經不早了，再不回去，怕是侯爺要擔心。妳先回去好好休息，今日是我失了約，明日午時，也是在臨江軒，我把原由都告訴妳，好不好？」

說到這兒，景潯停了一下，繼而嚴肅了起來，補充道：「還有王大的事，我已經讓沈遇直接將人送到乾王府，快的話明日就能審問出來，到時候有什麼線索，我也會一併說與妳聽。這件事從現在開始交給我即可，妳不許再插手，可明白了？」

蕭灼已經被接二連三的衝擊弄得暈暈乎乎的，見景潯這嚴肅模樣，哪還敢不答應？而且說實話，交給景潯靠譜多了。

見蕭灼乖乖點了頭，景潯這才滿意，摸了摸她的頭，替她整理了下因方才的動作被弄得有些綴的衣服，隨後退了開來，掀開馬車簾子，率先下了車。

蕭灼看著景潯的背影，有些欲言又止。

她只答應了後面的，沒想答應前面的來著。說出來怪難為情的，其實她還不太想下車。

不過這話她當然不好意思說出口，何況人都下去了。蕭灼只好不情不願的提著裙子出了車廂，扶著景潯的手下了車。

這一路上過得太快又太慢，蕭灼都沒怎麼發覺時間的流逝，下了車才發現竟然已經快戌時了。安陽侯府的門都關上了，只有兩旁的燈籠還散發著微黃的光，夜風吹在身上都已經覺得冷了。

一下車，蕭灼發現先前隱隱作痛的腳居然已經完全不疼了，試著跺了兩下，果然一點都不疼。蕭灼有些驚奇的望向景潯。「你用的是什麼藥油，怎麼這麼管用？」

景潯看著蕭灼跟發現什麼新鮮事似的，左右動著自己的腳踝，無奈地制止了她的動作。

「好了，好不容易不疼了，還不消停點。妳覺得好用，明兒我著人送一瓶來給妳。」

蕭灼這才停下動作，有些不好意思道：「其實我就是隨口一說，不用了，而且我也不是經常用到。」

景潯笑笑，不置可否。

小姑娘表面沈穩，實則毛躁得很，要不然他的馬車裡也不會常備藥油，他覺得還是挺有必要的。不過不送也行，他不介意每次都由他來代勞。

「小姐。」惜言也從另一輛馬車內下來，走上前。

見自家小姐的傷已經被包紮好，惜言這才鬆了口氣，直接跪下給景潯磕了個頭。

「奴婢多謝潯世子救我家小姐之恩，大恩大德，無以為報。」

蕭灼忙將人扶了起來，景潯也走過去搭了把手。看著眼前雙眼通紅的小丫鬟，想起前世這個小丫鬟無意發現他在調查蕭灼死因時，拚著被滅口的風險，也要來找他，將所有事告知與他，隨後毅然決然殉了蕭灼的一幕幕。微不可察地嘆了一聲，讚道：「好丫頭，多虧妳與我指路，我才能及時趕到。你們小姐有妳這樣忠心的丫鬟服侍，也是福氣。」

蕭灼替惜言擦了擦眼淚，握緊惜言有些冰涼的手。

其實她也這麼覺得，雖然走了一個惜墨，但是她還有惜言，還有綠妍，她也覺得自己很幸運。

而且……

蕭灼偷偷抬頭看了景潯一眼，她覺得自己不只幸運，她現在的心情好得足以讓她能夠原諒先前所有不好的事情。

「好了，時辰真的不早了，快進去吧。」景潯輕聲道。

抿了抿唇，蕭灼有些不捨道：「那……你先走吧，等你走了我再進去。」

景潯低聲笑了笑，不再推辭，伸手捏了一下蕭灼軟乎乎的手心，將一個青色的小藥瓶塞到她手裡。

「金瘡藥，早晚各一次，小心傷口不要沾水，知道了嗎？」

蕭灼捏緊還留有景潯手中餘溫的藥瓶，乖乖點了點頭。

景潯又看向蕭灼身邊的惜言。「妳家小姐有時粗心得很，妳看著妳家小姐，讓她莫要偷懶。」

惜言福了福身，道：「是，奴婢知道。」

該叮囑的都叮囑完了，景潯才又看了蕭灼一眼，轉身上了馬車。

蕭灼歪了歪頭，覺得有些新奇。平日話那麼少的一個人，居然也會有如此囉嗦的一面，都有些不像他了。

不過他依然特別好看，容易讓她失態地盯著發呆。

蕭灼站在原地目送馬車走遠，直到馬車轉了彎，再也瞧不見了，才有些失落的收回眼神。

回想起馬車上發生的一切，蕭灼還感覺有些不太真實。

景潯說心悅於她的話似乎還響在耳邊，蕭灼情不自禁地低頭，咬著唇抑制不斷上揚的嘴角。

原來真的不是她多想，原來得到心中所念之人的回應，是一件這麼讓人歡喜的事。

天啊，曾經被譽為鄴朝最年輕有為之人，曾以一己之力破了幽州十四城的先鋒將軍，還未及弱冠便滿身戰功，封侯進爵，而且還長得那麼好看的景潯，竟然真的喜歡她。

蕭灼伸手摸了摸自己的唇角，那裡因為被景潯吻得最狠，似乎有些微腫，一碰還有些疼。幸好這會兒是夜裡，不會被別人看到。

不過如今正是需要疼，來告訴她這真的不是夢。

忽地，像是想起什麼似的，懊惱地拍了下自己的腦袋。

當時她就跟個提線木偶似的隨著景潯擺弄，卻沒有將自己的心意也明確的告訴他。雖然……從她的反應來看，已經足夠說明。

蕭灼不自在地揉了揉臉。她好像、的確……有些不大矜持。

不過這和明明確確的說出來，區別還是很大的。景潯那麼好，她也想明白告知他自己的心意。

「小姐，您怎麼了？咱們快進去吧。」一旁的惜言小聲道。

惜言的注意力一直放在蕭灼脖子上的傷，倒是沒怎麼注意蕭灼的表情。見蕭灼遲遲沒動作，忍不住小聲催促。

蕭灼回過神，看著惜言疑惑詢問的眼神，掩飾般輕咳一聲，點點頭，回轉過身，一道往府門口走去。

反正明天就能再見面了，她正好趁今晚將那還剩下收尾的荷包做好。等做好一起送出去，豈不是更加完美。

蕭灼深呼吸一口氣，將心底紛亂的思緒盡數壓下。不行，不能再想了，府裡這麼多人瞧著，失了態就不好了。

她正踏上兩級臺階，府門忽地從裡面打開一條縫隙，程管家從裡面探出頭來，見是蕭灼，吃了一驚，忙將門打開。

「三小姐，您怎麼現在才回來？」程管家從大門內小跑出來，朝蕭灼行了個禮，道：「都怪老奴粗心，不知三小姐您外出未歸，該給您留個門才是。」

許是因為天色黑，且方才蕭灼特意將衣領拉高的緣故，程管家並未看到蕭灼脖子上的傷口。

蕭灼有些歉意道：「不關程叔的事，是我出門得匆忙，路上碰到了一些事，所以回來得晚了些，倒是給程叔添麻煩了。」

程管家連忙搖頭，引著蕭灼進門。

蕭灼看著程管家與平日裡毫無二致的模樣，試探道：「爹爹……可歇息了？」

程管家道：「侯爺今日回來得也晚，就是前後腳的工夫，正在書房呢。」

蕭灼點點頭，心裡有些忐忑。

綠妍既然已經先和景潯說了，也不知道有沒有再去找爹爹？若不是逼不得已，在事情完全查清楚前，蕭灼還不想讓蕭肅提前知道，免得動作太大，打草驚蛇。而且程管家是爹爹親近信任之人，若爹爹知道了，定會讓程管家帶人去找，

不過看程管家這模樣，是否還不知道？

也是趕巧，蕭灼正想著綠妍，就見綠妍緊隨其後，打著燈籠跑了出來，見到蕭灼也是大鬆了口氣，口裡唸佛道：「謝天謝地，小姐您終於回來了，可嚇死奴婢了。」

蕭灼將綠妍拉近，低聲道：「今日之事，妳可和爹爹說了？」

綠妍搖了搖頭，解釋道：「當時奴婢急得慌，原本跟著潯世子一道去的，半路遇到了惜言，說您被挾持了，奴婢嚇得半死，又怕奴婢腳程慢，成了拖累，潯世子便說他一定會將您安全帶回來，讓奴婢先回來準備些熱水、吃食。侯爺也是方才才回來，奴婢正準備去說呢，聽到門口有您的聲音，就趕忙出來了。」

蕭灼輕舒了口氣，點點頭，對程管家道：「既如此，爹爹今日也勞累了，這麼晚了，我就不打擾爹爹了，明日一早，我便去和爹爹請安。程叔也和爹爹說一聲，別熬太晚，得多注意身體才是。」

程管家笑著應了聲。「是，老奴知道。倒是小姐您下次出門，一定得提前和老奴說

一聲，否則這黑燈瞎火的，沒個人掌燈，若是摔著、碰著了，可怎麼是好？」

蕭灼笑道：「今日的確是我考慮不周了，下次一定不會了。」

程管家一路將蕭灼送到其華軒後，才放心地告辭回去。

送走了程管家，蕭灼進了屋子，整個人才算是真正放鬆下來。

「小姐，您的脖子受傷了？」一進到亮堂的地方，綠妍也看到了蕭灼脖子上的紗布，驚訝地問道。

蕭灼一手碰了碰脖子上被紗布包裹住的傷口。景潯給她用的金瘡藥是極好的，這會兒已經不怎麼疼了。

蕭灼不欲讓綠妍再多添擔憂，安撫地笑了笑。「說來話長，只是小傷罷了，不用擔心。總歸來說，現在已經沒事了，妳不是說已經備好了熱水和吃食嗎？妳家小姐我現在只想好好洗個澡，再吃些東西，吃完了也就好了，還不快去準備？」

綠妍有些欲言又止，但還是暫時壓了下來，將準備好的東西都端了上來。

蕭灼這話，一半是轉移話題，一半也是真的。

這一天過得可真是夠驚心動魄的，她得好好沐個浴，舒緩一下才行。

# 第五十章

夜間，楊府閣樓上。

月明星稀，初夏的晚風仍帶著絲絲涼意從窗外吹入，拂動室內垂落的淺色輕紗。許是位於高處的緣故，無端生出一股蕭瑟之感。

景潯站在窗邊，視線牢牢盯著不遠處那一方小小庭院裡，映著屋內微微搖曳燭光的窗戶上，嘴角噙著微微的笑意。

沈遇上來時，看到的就是這樣一個畫面。

不知是不是他的錯覺，世子今天的心情好像格外得好，但是同時，又好像壓抑著什麼似的。

不過自從回來後，世子的心情一向抑鬱沈重，悶悶不樂的，這還是他自回來後，第一次看到世子臉上露出如此發自內心的笑容。

不，不只這次，好像每次自家世子與蕭家小姐相遇，或者獨處後，心情都會格外明媚一段時間。

沈遇是景潯當年出征去西南的路上，救下的一個樵夫之子，之後便一直跟在景潯身邊。看著景澪從一個少年逐漸蛻變，積累赫赫戰功，培養出一支自己的獨特暗衛。沈遇看到的都是景澪聰明、睿智、沈著冷靜，以及受重傷後待在青瑤山時沈默寡言的樣子，他還以為世子生來表情就少呢。

沒想到自從下山後，世子便一次又一次讓他有了新發現。他才知道原來世子也會憤怒、著急、心疼，或是這樣發自內心的開心。更不可思議的是，有一次他竟然看見世子大半夜拿著一塊玉珮，坐在床上反覆撫摸把玩，還將他佩戴多年的白玉珮換了下來，簡直讓他懷疑世子是不是被奪舍了。

而且仔細想想，世子的每一次變化，都與那個蕭家三小姐有關。他還想起一件事，他和世子剛回來那天在醉仙樓裡，世子忽然讓暗衛護送一位小姑娘回府，現在回想，那個小姑娘的模樣，不就是蕭家三小姐嗎？嗎？

還有靈華寺那一次、公主府那事，當時世子吩咐他去做的時候，他還莫名其妙，現在怎麼想就是故意的。

看來一直清心寡慾的世子終於有鐵樹開花的一天了，世子對那位蕭家小姐，鐵定是真的動心了。

如此甚好。

沈遇想到此，心中不禁多了些其他的念頭。

幾個月前，世子不知怎麼的，之前中的毒還未全解，就非要下山回宮，他怎麼勸都勸不住。

那毒異常難解，是敵將抱著同歸於盡的想法才下到世子身上的，尋常人中了必死無疑。也就世子運氣好，剛好與青瑤山神藥谷的赫連神醫有交情，這才沒有當場殞命。這四年間，幸虧赫連神醫醫術高超，才將這毒解了快一半。再假以時日，要徹底解除，或許也並非難事。

可是世子非要提前下山，選擇用內力將餘毒壓下去。如今那毒就像是隻沈睡在體內的蠱蟲一般，指不定會在什麼時候復發，一復發便會要了世子的命。

因為世子非要回來的事，赫連神醫也是氣得不輕，他們走後便繼續去雲遊了，他也派人去找過，卻都找不到下落，看來須得世子親自出馬才能求回來。

這毒拖的時間越長，解毒的難度便越大，之前世子固執得很，他勸了也無用，如今有了蕭三小姐，說不定只有蕭三小姐能勸得動世子了。

「怎麼一直站在原地發呆？」

沈遇正思索入神，完全沒注意到景潯不知何時已經轉過身來，聞言忙收起思緒，回想起自己過來的目的，躬身道：「回稟世子，那個王大已經都招了。」

景潯嗯了一聲。「具體是怎麼回事？」

「回世子，根據王大給的消息來看，蕭三小姐應當是在查安陽侯夫人的死因。安陽侯夫人於去年三月底一次山間泥洪中喪生，當時屍首並未找到，由於那泥洪十分嚴重，基本上無人能倖存，所以安陽侯便也默認了安陽侯夫人已葬身其中，為其立了衣冠塚。但就在幾天前，蕭三小姐無意間在珍寶閣得了一只玉戒指，起了疑心，繼而找到了王大身上。

「據王大所言，那玉戒指的確是王大從死人身上弄下來的，只不過不是他與三小姐說的那般，因為目睹殺人埋屍現場，貪財為之，而是他便是受雇埋屍之人的其中之一。他說雇他們的人家姓鄭，受雇的一共有十幾人，那位姓鄭的男人讓他們提前偽裝成山賊，等在姚城回京城的必經之路上，攔截一輛馬車，應當就是去姚城訪友回來的安陽侯夫人。將安陽侯夫人以及幾名侍女擄走殺害，找個隱秘的地方埋了。沒想到事情完成後，那個姓鄭的卻突然反悔，將他們殺人滅口。只有王大貪財，半夜去了埋屍的地方，偷拿屍體身上的財物，這才逃過了一劫。今日王大之所以挾持蕭三小姐，也是因為他以為當戒指的事讓人發現了他沒死，所以找上門來，才會做出那般瘋狂的舉動。」

景溽眉間微皺。「安陽侯夫人之死既是王大所扮的山賊所為，又為何會變成泥洪……」話未說完，景溽便已想通了原因。

從沈遇說到雇人的人是個姓鄭的時，景溽便已猜到此事十有八九與安陽侯府那個表裡不一、心思歹毒的二夫人鄭秋顏脫不了干係。只怕她原想將罪名推到山賊身上，沒想到剛好碰上泥洪，所以便借了這個理由。

景潯嘴邊慢慢勾起一抹冷笑。

鄭秋顏，蕭嫵，我正準備給妳們找一個無法翻身的罪名，沒想到妳們倒自己送上來了。

「上次靈華寺下山路上遇到的那幾個山匪找到了嗎？」

「回世子，早已關在地牢中，等候世子發落。」

景潯微一點頭，眼中寒意徹骨。

「問問王大有沒有見過那個雇他的人，想辦法要到畫像。若是沒有，便從安陽侯府鄭秋顏的娘家開始查。我記得她有一個嗜賭成性的堂兄，早年還差點殺人入獄，便從他開始查起。」

沈遇頷首。「是，世子，屬下這就去辦！」

「等等。」

沈遇正要轉身下樓，卻又被景潯叫住，有些不明所以地轉了回去，低頭問道：「世子還有什麼吩咐？」

景潯眼中的寒意已經消了下去，又恢復了往日的平淡，但眼神裡卻多了許久不曾有過的光亮。

「沈遇，赫連神醫可有下落了？」沈遇眼睛忽地睜大，差點以為自己聽錯了。

「世子，您說什麼？」

景潯走近兩步，道：「你不是一直在找赫連神醫？」

沈遇一臉震驚，不過並不是因為景潯發現他找赫連神醫的事，而是聽景潯這語氣，難道是要改變主意，回去繼續療傷了？

沈遇驚喜地看著景潯。「世子，您這是？」

景潯微微一笑。「再多派些人吧，往西北邊境之地找一找。赫連的性子我再熟悉不過，說是雲遊，還是愛往這些有許多稀奇古怪的藥的地方鑽。找到後先不要驚動，我到時候親自去向他請罪。

「還有，留兩個暗衛在府裡，剩下的人全都出去替我尋一種叫做餘陰草的草藥所結的果實，越快找到越好。」

這下沈遇沒再愣神了，臉上的喜悅溢於言表，生怕景潯反悔似的連忙領命去了。

天啊，今天是什麼好日子！他剛才還想著讓蕭小姐去勸勸世子呢，這會兒世子就自己主動提出來了，真是太好了。看來「情」之一字，的確是毒亦是藥，這個蕭小姐，看來就是世子的藥啊！

這下世子有了牽掛，果真就有了求生的意志，康復指日可待了。

景潯看著沈遇激動得都加快了步子，搖頭輕笑了一下，再次走回窗邊，將目光投向蕭灼臥房的窗戶上。

想到今日自己臨上車時，蕭灼看自己那不捨的眼神，以及蕭灼一笑起來便會露出的兩個小梨渦，心下一片柔軟。

景潯知道，這次是他自私了。

他的毒有多難解，上一世九死一生才好不容易有了個健康的身體，更別說中途停止。所以他下山時，早做好了必死的準備，只願能夠守在他的妙妙身邊，為她掃清一切障礙，護她一世無憂，直到生命的盡頭。

所以他才會擺出一副陌生疏離的模樣，將保護變成偶遇，只敢在妙妙睡著或喝醉時才敢親近。

可是他太高估自己的自制力，也太低估妙妙對他的吸引力。他想著、念著、愛了那麼多年的人，不見時便已思之如狂，相見更是情不自禁。

每一次，他都想更靠近她一些，想抱她，想吻她，想讓她的眼中只有自己，想讓他的妙妙也愛上自己。

他知道自己有多自私，明知自己可能命不久矣，還想要拴著人。他拚命想要克制壓抑，可是這些，只要妙妙一個小小的動作，便瞬間潰不成軍。他想和妙妙長長久久的在一起，瘋狂的想。

前世赫連曾說過，他這毒若是能找到餘陰草的果實，會好解很多，只可惜最後也沒有找到，所以才花了六年的時間，中間還差點進了鬼門關。如今想解毒，已是難上加難，若還是用原來的方法，只怕沒那麼好運了。

這也是他為何明日再約蕭灼出去的原因。

今日的那個吻，就當是他最後任性一回。

明日，他便把自己這具身體可能命不久矣的事告訴妙妙，若妙妙就此遠離，也正好斷了他的念想。

# 第五十一章

翌日，辰時末。

快入夏了，日頭升得早，這會兒天色已是大亮。

蕭灼裹著一條薄毯，倒在離窗戶不遠的軟榻上睡得正香。陽光從開了一條小縫的窗外照進來，正好落在蕭灼的眼睫上，在眼下投下一小片暗色的陰影。

惜言端著漱洗用具推門而入，看到的便是這樣一副景象。

惜言趕緊放下手中的水盆，小跑過去，輕輕推了推蕭灼。

「我說小姐，您怎麼直接睡這兒了？」

「嗯？」蕭灼懶懶地輕哼了一聲，瞇了瞇眼，伸手擋住有些刺眼的陽光。「現在什麼時辰了？」

「小姐，現在已經是辰時末了。」惜言也伸手替蕭灼擋去陽光，將蕭灼從軟榻上扶了起來，眼中滿滿的不贊同。

「小姐昨日怎麼直接在軟榻上睡下了？還只蓋了條薄毯，如今天雖然漸漸熱了，但是晚風還是涼的，而且小姐您如今還有傷在身，身子虛弱，要是受了涼可怎麼好？也怪奴婢，昨日原該守夜的。」

蕭灼眨了眨眼，無奈地聽著惜言老媽子似的念叨，眼神卻落在軟榻邊，那個精緻的雪鍛竹紋荷包上。

其實她昨夜不是故意要在這兒睡的，只是因為昨夜她給這荷包收尾時，怎麼看怎麼不滿意，修修改改了好幾次，直到過了丑時才好不容易做好，當時她又太睏了，所以才會直接在這兒睡下了。

「好了、好了。」蕭灼制止惜言繼續說下去的念頭。「我保證下不為例，快去端水來給我漱洗。」

惜言不情不願的閉上嘴，認命地去將水端來。

蕭灼揉了揉眼睛，伸了個小小的懶腰。雖然只睡了兩個時辰，但是一想到待會兒就能見到景潯，便一絲睏意也沒了，甚至，還有一絲小小的興奮。

漱洗完後，蕭灼對著鏡子，仔細看自己脖子上的傷口。

景潯的藥果真很有效，只不過一夜的工夫，傷口已經結了痂，摸上去都已經沒什麼痛意了。

蕭灼仔仔細細又上了一遍藥，用乾淨的紗布重新包好，視線落到放在一邊的那件蜀錦裙上。這裙子經過昨日那混亂的一遭，已經毀得不成樣子，真是可惜了。

蕭灼摸了摸脖子上的紗布，起身換了一件水藍色蝶紋廣袖煙羅裙，略高的領子正好可以遮住脖子上的紗布。

在鏡中滿意的左右看看，末了將那枚荷包小心的納入袖中，匆匆用了兩口早膳，便迫不及待地出了門。

到了臨江軒，門口停了一輛馬車，應當是景潯已經到了。

蕭灼原先有些興奮的心情頓時化為了緊張，呼吸都放輕了些，有些拘謹地在惜言和綠妍的攙扶下下了車。

「蕭小姐到了。」等在樓下的沈遇走上前，行禮道：「世子已經在樓上雅間等著您了，請蕭小姐隨屬下來。」

蕭灼認得他，客氣的點了點頭，跟著沈遇上了樓。

依然是昨日那間雅間，沈遇替蕭灼推開門，透過屏風，隱隱能看到屏風後坐著的修長身影。

讓惜言和綠妍候在門外，蕭灼深吸一口氣，抬腳邁了進去。

往前走了兩步，將要轉過屏風時，蕭灼忽地定住了腳步。昨日在馬車上的一幕幕再次浮上心間，臉上開始泛起紅霞。

摸了摸袖中那枚荷包，蕭灼總算明白什麼叫「近鄉情怯」。之前面對別人的構陷，以及面對歹徒時的冷靜，在這時候都消失得無影無蹤，這還是蕭灼活這麼大，第一次這麼畏首畏尾。

正踟躕著不知以什麼表情邁出第一步，忽然聽見屏風另一邊傳來一聲低低的輕笑，那人從座位上起身，往屏風這邊走過來。

蕭灼如被定住般站在原地，看著景潯穿過屏風，直直朝她走來，面上帶著的，是如第一次在御花園中見面時那般春風和煦的微笑。

雖然蕭灼已經見過一次，但是毫無疑問的，她再次丟臉得愣在了原地。

「世子……」蕭灼愣愣地看著景潯越來越近，想開口打招呼，剛一出聲，右手就被景潯十分自然地牽了起來。

蕭灼將要出口的話硬是被憋了回去，老老實實地被景潯牽著往屏風後的檀木桌邊走去。

景潯的手溫暖乾燥，骨節分明，明明和他的人一樣清瘦，牽著蕭灼的時候，卻格外地讓她覺得安心。

鬼使神差地，蕭灼也回應般輕輕勾了一下景潯的小指。景潯輕笑一聲，將蕭灼的手握得更緊。

蕭灼方才那一絲不自然和不知所措，因為這一個小小的牽手盡數散去，整個人都放鬆了下來。

被景潯牽到桌邊坐下，蕭灼有些不好意思地道：「你什麼時候到的，有沒有等很久？」

「我也就快了一步。」景潯道，邊說邊將桌上的一碟桃花乳酪放到蕭灼面前，動作熟練無比。

「甜的，妳愛吃的。」

「謝謝。」

蕭灼微紅著臉點點頭，看著眼前白中透粉的桃花乳酪，再抬頭看看景潯。

如果她沒記錯的話，這道點心並不是臨江軒的菜品，而是醉仙樓的招牌甜點。

莫非……

景潯一眼便看出蕭灼心中所想，沒等她問便開口道：「知道妳愛吃，所以特意從醉仙樓帶了一份過來，快嚐一嚐。」

「哦。」蕭灼忙低頭掩飾自己的笑意，拿起小銀匙吃了一口。「好吃。」比她以往吃過的，都要好吃。

景潯眼中也逐漸泛起笑意，饒有興味地看著蕭灼幾口便將碟中的乳酪吃完，末了還伸出舌頭舔了舔唇，這小模樣特別喜人。

「一份可夠？需不需要我讓沈遇再去買一份過來？」

「不，不用了。」蕭灼忙搖搖頭，後知後覺自己方才似乎吃得有些太快了，有些難為情地笑了笑，拿起桌邊準備好的扇子搧了搧，散去臉上的熱度。

景潯一瞬不瞬地看著蕭灼的小動作，忽然有一種就這樣一直瞞下去的衝動。

他極輕地自嘲一笑，面對千軍萬馬時都沒有怕過的他，卻在此時第一次感受到害怕的滋味。

可是他已經自私了一次，不能再自私第二次。

「妙妙。」景潯輕輕道。

這還是景潯第一次在如此自然的情況下喊蕭灼的小名，帶著一種不似尋常的親暱。

蕭灼手上的動作一滯，抬起頭。「嗯？」

「妳可還記得，我今日為何約妳過來？」

蕭灼歪了歪頭，從昨日到今天，她滿腦子想的都是他們今日要見面，但是見面的原因，她似乎始終沒有注意過。

蕭灼仔細回想了一下，好像是景潯說為了彌補他之前的爽約。還有，他說他早已心悅自己，至於為什麼到現在才表明心跡，原因則會在今日告訴她。

想到這裡，蕭灼的臉色忽地變了變，看著景潯臉上不知何時已經淡去的笑意，心裡隱隱有一種不安的感覺。

而這種感覺，在景潯起身關窗時，漸漸落到了實處。

景潯將窗戶關上，轉身走到蕭灼身邊，在蕭灼疑問的眼神中，像是怕自己反悔似的，極快地抓住蕭灼的手，按在自己被衣領遮住一截的頸間。

那裡，原本該隨著心跳有力搏動的經脈，此時卻異常的緩慢，觸手之處，寒意徹骨。

# 第五十二章

「這……是怎麼回事？」

蕭灼臉色白了白，說話的聲音都開始顫抖。

景潯目光漸暗。「四年前，收復幽州大戰凱旋的前一天，我不慎中了敵將的埋伏，身中寒毒，所以我才會消失這四年。可惜這毒極為難解，如今只是暫時壓下，雖平時看不出來，可不知何時便會再次發作，性命難保。」

景潯半真半假地道，刻意隱瞞他其實是半途回來的事。

這件事除了他，這輩子不會再有第二個人知曉。

在景潯說到中毒時，蕭灼的眼睛已經泛上水霧，大腦空白了一瞬，差點沒坐穩。

「不可能……怎麼可能呢？」蕭灼喉間沙啞，過了好半天才找回自己的聲音。

「那……還能治好嗎？」

景潯極輕地笑了一聲。「可能，只是機率極小。」

蕭灼眸子顫了顫，手下的涼意彷彿涼到了心裡，心痛得快要無法呼吸。

所以這就是景潯一次又一次的救她，知道她的小名，總在她最危急的時刻及時趕到，卻又總是在她試圖靠近時，又淡淡的退回去的原因嗎？

景潯看著蕭灼不可置信，且暗含著憤怒的眼神，慢慢放開了握著蕭灼的手，站起來背過身，聲音低啞。

「對不起，妙妙，是我太自私，不該明知如此，還來招惹妳。不過還好，妳還未答應我，現在抽身還來得及。昨日那些話，就當我沒有說過吧。」

這麼多年的默默相守，對他來說，早已經成了習慣，如今不過是退回原地而已。雖然有些不甘，但有了昨日的回憶，已經夠他餘生回味了。

身後傳來蕭灼起身的聲音，景潯閉上了眼，下一瞬，卻被撲了個滿懷。

「混蛋，已經說出去的話，怎麼可以說收回就收回？既然已經招惹了我，就別想再甩開！」蕭灼聲音哽咽，賭氣般地將眼淚抹在景潯的胸前。

景潯猝然睜開眼，看著緊緊抱著自己的小姑娘，用盡全力才忍住回抱她的衝動，將人推了開來。

「妙妙，別任性，妳知不知道自己在說什麼？」

蕭灼抹了一把臉，深呼吸一口氣，直接拿出袖間那個準備好的荷包，也不看景潯，將荷包直接掛上他的腰間，隨後看著景潯的眼睛。「贈君荷包，以表心意。我當然知道我在說什麼，我蕭灼向來不輕易允諾，但是我今天來，就是要告訴你，反正這輩子我是跟定你了，休想把我推開。

「不過是個寒毒而已，我就不信，這天下之大，沒有能治好你的毒的人。用上安陽侯府和乾王府所有人，肯定能找到。」蕭灼說著，還抽噎了一下。「大不了我就守寡，反正今生今世，我只喜歡你一個人。」

景潯閉了閉眼，伸手將蕭灼一把攬入懷中。

果然，上天還是待他不薄，他何其有幸。以前的他，了無牽掛，只想在他的妙妙身邊守到生命結束的那一刻。但如今，為了他的妙妙，他也要逆天改命。希望上天垂憐，既然已經讓他有了重來一次的機會，便再多給他一絲偏愛吧！為此不論付出什麼代價、承受多少痛苦，他也心甘情願，只要能和他的妙妙長長久久的在一起。

將人從懷裡撈出來，伸手輕輕擦著蕭灼滿臉未乾的淚痕。

「別哭了，其實我與赫連神醫有些交情，我已經派人在找他了，還有一些要用到的珍稀藥材，所以也不是完全沒有辦法。」

蕭灼睜大了眼。「真的？」

景潯點點頭。

蕭灼眼中一亮。

沒關係，哪怕只有一絲希望，那就是好的，她也願意等。

景潯低頭看著腰間那個精緻的荷包，忍不住輕輕摩挲了幾下，然後才摘了下來。

「妙妙乖，前事未定，不可輕易託付。我景潯此生，非妳不娶，只是……」

「沒什麼只是。」蕭灼對此事非常堅決，強硬地將那個荷包又推了回去。

她清楚知道自己在說什麼、做什麼。當景潯說出他可能命不久矣時，蕭灼的心裡除了心痛，便只剩下一個念頭——若眼前的人死了，她也不會獨活。

從這個念頭出來開始，蕭灼就知道，自己已經完了。可她卻並未感到害怕或退縮，反而有一種塵埃落定的感覺，甚至還有一些高興。

景潯那麼好的一個人，居然也喜歡她。能兩情相悅的人何其幸運，她如今已經得到了最好的，就算只有幾天，她也心滿意足。

景潯看著她淚睫半乾，低頭極認真地幫他將荷包繫回去，一副生怕他再摘下來的模樣，彷彿下了什麼決心般，低聲道：「妙妙，妳真的考慮好了，不會後悔？」

蕭灼沒有說話，以行動代替言語，將那個荷包狠狠繫了個死結。

景潯忽地偏頭笑了一下。既如此，他還有何理由退縮？

景潯眼中的陰霾盡數褪去，煥發出亮得驚人的光彩。看著眼前低著頭賭氣般不說話的小姑娘，甚至起了些打趣的心思。

「妙妙，妳方才是不是說，大不了就為我守寡？妳的意思，也是非我不嫁了？」

蕭灼正哽咽著，聽他還有心思打趣，忙羞惱地將人一把推開。

景濤後退一步，伸手捂住胸口，小聲的輕嘶了一聲。

「怎麼了？」蕭灼頓時慌了，顧不得再生氣，走上前拉開景濤捂著胸口的手，在他的胸前小心檢查。「是不是我力氣太大，弄疼你了？」

景濤極滿足看到蕭灼為他擔憂的模樣，眼睛裡的溫柔幾乎要溢出來。

蕭灼檢查完，正抬頭要問景濤，就看到景濤唇角微彎的看著她，頓時明白自己又被騙了。

憤憤地將手從他的胸前收回來，不過蕭灼這次沒有再推開，而是極輕極輕的往上移，停在之前景濤帶著她觸碰的頸間皮膚上。

其實她之前也發現了，景濤的手溫熱乾燥，可是身上卻總是比旁人的溫度要低，連唇色也比旁人要淺上許多。以前她只以為是個人體質的原因，卻沒想到居然還有這一層原由在。

「疼嗎？」蕭灼抬頭，眼中再次泛上水光。

景濤搖搖頭。「祛毒時會疼，平日裡我用內力壓制，並無什麼感覺。」

景濤說得雲淡風輕，可蕭灼卻不相信。劇毒在身，怎麼可能會不痛、不難受呢？

蕭灼實在想不通，為什麼景濤這麼好的人，卻偏偏要遭受如此痛苦，要是她能代替景潯受苦就好了。

景潯伸手撫上蕭灼的臉。「小丫頭，在想什麼呢？」

蕭灼垂下眼睫，搖了搖頭，復又抬起來道：「對了，你說的那個神醫還有藥材，可有畫像和線索？我可以找爹爹幫忙。」

「不用了，赫連神醫神出鬼沒，只有我才能將他的行蹤猜出一二，人手已經夠了。」

「那就好。」蕭灼點點頭。「那，什麼時候能找到？」

景潯偏頭一笑。「放心，我捨不得讓妳當小寡婦。」

「都什麼時候了，你還有心思打趣。」蕭灼又氣又羞的跺了跺腳，不過景潯的話一向作數，能給予蕭灼無可比擬的信任和安心。

有了這句話，蕭灼的心瞬間定了下來，心裡的著急和擔憂，奇蹟般地緩解了不少。一直堵在心口的氣出了大半，這才後知後覺方才的自己有多大膽。守寡什麼的，竟然真的從她的口中說出來。

蕭灼覺得周圍的空氣有些悶，抿了抿唇，掩飾般地轉身要過去開窗。

剛走到窗邊，正要伸手，右手手腕忽地被一隻手伸出來攥住，輕巧一帶，整個人便被逼到了牆角。

蕭灼抬頭，景溽的臉已經近至眼前，俊美無儔的臉上，漆黑的眸子深不見底，語氣親暱，彷彿呢喃。

「妙妙，我想吻妳，可以嗎？」

蕭灼的臉倏地一下燒了起來。莫非真有物極必反這一說？怎麼平日裡在人前那樣冷淡疏離的景溽，一旦說起這些事來，卻熱烈大膽得要命？還是只是因為她以前沒有發現？

而且大膽就大膽，做什麼還要問她？這讓她如何回答？

景溽看她的眼神太過專注，相反蕭灼眼神躲閃，根本不敢與他對視。偏偏景溽只是看著，卻不說話，像是非要等她允許似的。

蕭灼咬了咬唇，嘴唇囁嚅了一下，到底是說不出口，只賭氣般閉上了眼睛。

景溽低低笑了一聲，伸手扣住蕭灼的腰，珍而重之的吻了上去。

不再如上一次的失控和激烈，景溽吻得極其溫柔，彷彿怕弄疼她似的，在蕭灼的嘴角輕吮舔吻。

「妙妙。」景溽輕聲呢喃。「好喜歡妳。」

蕭灼眼睫輕顫，也伸手環上景溽的腰。

景溽唇角彎了彎，更加用力的回吻。

他的妙妙，他想了這麼多年、愛了這麼多年的人，如今終於如願將人抱在了懷中。

人生最大的幸事，莫過於此。

萬籟俱寂間，門外突兀地傳來一聲滿含驚喜的聲音。

「咦，這不是沈遇和蕭家小姐的貼身侍女嗎？」

「是啊，惜言，綠妍，沈侍衛，景潯世子和阿灼在裡面嗎？」

蕭灼猛然睜開眼。這聲音……好像是元煜世子和攸寧？

# 第五十三章

「唔……等等……」蕭灼伸手將景潯推開，語氣不穩的輕喘著道：「好像是元煜世子和攸寧。」

景潯垂眼看著蕭灼泛著水光的眼睛、緋紅的臉頰，伸手輕輕摩挲了下蕭灼彷彿剛上了胭脂的唇瓣，目光幽暗的輕嘖了一聲，不滿地退了開來。

「我先去把窗戶打開，裡面有點悶。」蕭灼被景潯深沈的目光看得快要燒起來，連忙低下頭，轉身去開窗。

手搭上窗稜，第一下卻沒有推開，竟然不爭氣的連帶整個胳膊都發軟得沒力氣。生怕被身後的景潯知道，蕭灼連忙又使了一下力，這次總算是推開了。清涼的風透過窗戶吹到蕭灼臉上，總算將周身的躁熱吹散不少。

蕭灼深呼吸幾口氣，伸手揉了揉臉。

身後的景潯知道她臉皮薄，不再逗她，轉身去開門。

門外，趙攸寧和元煜互看一眼，都在對方眼裡看到好奇和八卦的眼神。

兩人的丫鬟和侍衛都在門口，那裡面肯定是蕭灼和景潯了，怎麼聽到了他們的聲音，也不吱個聲，肯定有情況。

元煜的扇子搖得更歡了。今日真是個好日子，看來他們哥兒倆的桃花都要來了。

昨天進宮路上，他還說景潯這個木頭不解風情，景潯還不理他來著，沒想到議完事剛出宮門，一聽蕭小姐身邊的丫鬟說蕭小姐好像出了事，景潯立刻臉色一變，吩咐沈遇去府中調人手，直往城外去，將元煜一個人丟在了原地。

起初他還有些摸不著頭腦，正準備一起跟過去幫忙，但轉念一想，又打消了念頭，只派了自己的近衛帶人跟了過去。

英雄救美可是許多美好故事的開端，他還是不去搶這風頭了，萬一情急之下，這人就突然開竅了呢。

想到此，元煜高高興興的回了府，又著人去趙府送了一封信，為今日的爽約道了歉，約了改日再聚。

結果好巧不巧，他今日一出門，就遇上了趙攸寧，乾脆擇日不如撞日，一起來了臨江軒。結果撞上了個「好事成雙」，在這兒遇上了景潯和蕭灼，這可就真是巧上加巧了。

這樣巧的事今日讓他遇上了，可就不能裝作沒看到了。

元煜笑咪咪地衝門前站著的侍衛和丫鬟眨了眨眼。「我說你們三個怎麼這麼沒眼力見，還不快進去通傳一聲，咱們併個桌，人多好熱鬧。」

綠妍、惜言和沈遇面面相覷，他們也想敲門，可是裡面主子一直沒出聲，萬一打擾到什麼，回去不得被打死。

等了一會兒，還沒有聲音，元煜終於忍不住了，上前一步就想敲門。手剛抬起來，門「吱呀」一聲從裡面打了開來，景潯略有些陰沈的臉出現在門內。元煜一愣，看著景潯發黑的臉色，忽地笑了起來。「我說景潯，你怎麼到現在才開門，讓我等了這麼久，還不快請我進去坐坐？」

景潯對元煜那看好戲的眼神再熟悉不過，無語的白了他一眼，略過他向元煜身後的趙攸寧點了點頭，隨後轉身朝門內走。

元煜和趙攸寧跟了進去，沈遇在外頭替他們關上了門，默默抹了一把汗。

綠妍抿嘴偷笑，唯有站在旁邊的惜言還有些不明所以，湊近綠妍，低聲道：「妳笑什麼？我怎麼瞧著你們倆的反應如此奇怪。」

綠妍輕咳了兩聲，惜言雖然平時看著成熟穩重，但是這些事上也和小姐一樣一竅不通。不過她其實也有些猝不及防，昨晚小姐回來時那麼反常，她只是隱隱有感覺。今日一聽沈遇說了昨夜世子的變化，再一聯想方才世子一副被打擾了的表情，綠妍覺得這回應該是真的八九不離十了。

不過這會兒當然不好和惜言說，綠妍搪塞了兩句，轉身先下去叫小二上來。這會兒元煜世子和趙小姐進去了，估計得老老實實吃飯了。

雅間裡，蕭灼已經趁這段時間靜下了心，看到趙攸寧進來，笑著迎了上去。

「攸寧，妳怎麼也來了？」

「妳還說我。」趙攸寧眼神往景潯那邊示意了一下，衝著蕭灼眨了眨眼，小聲道：「怎麼回事？嗯？就算是為了補上昨日，也不能就這麼單獨約上了呀？」

蕭灼咬了咬唇。「不是，是景潯世子有些事要告訴我而已。」

今日這約也算匆忙，而且又是這麼難為情的事，誰能想到會剛好被趙攸寧撞上。而且她前幾日還跟趙攸寧否定了她心裡的那些小心思，如今她也沒想到進展會這麼快，這會兒當然不好意思說出口。

不過趙攸寧明顯不大相信，光看方才他們在外面要進來時，綠妍和沈侍衛的表情就覺得不太對。

趙攸寧不懷好意地嘿嘿一笑。「妳可別騙我，只是說事，為什麼這麼久才來開門？」

蕭灼一噎，還殘留著溫度的嘴角隱隱發燙。蕭灼舔了下唇瓣，直起腰板反問回去。「妳還說我，妳不也背著我和元煜世子一起出來嗎？我還要問妳有什麼情況呢。」

趙攸寧對此倒沒什麼害羞的，理直氣壯道：「我們是剛好偶遇，我這人妳是知道的，吃飯的時候有個賞心悅目的人陪著，何樂而不為？其他的，那是一樣沒有。」

蕭灼後退一步，呿了一聲。「我也不相信。」

話題雖轉得生硬了一些，但好歹趙攸寧沒有繼續追問下去，蕭灼偏頭，悄悄鬆了口氣。

另一邊，元煜以扇遮臉，偏著頭看著蕭灼的方向，朝景潯擠眉弄眼。

景潯無動於衷，涼涼的看了他一眼。「眼睛有疾？」

元煜嘖了一聲。「真沒勁，虧我昨日還苦口婆心的勸你。」

景潯道：「呵，你還挺會攬功勞。」

元煜嘻嘻一笑，景潯越是懟他，就越說明他猜對了。景潯這樣的性格，他再了解不過，不說他還不會自己看？他長著一雙眼睛可不是光看著好看的。

說著，元煜看了屏風邊還在和蕭灼說話的趙攸寧。若是景潯真如他所想一般突然開了竅，那他也不能落後了。

正在這時，門外傳來咚咚的敲門聲。「幾位客官，請問現在可要點菜？」

蕭灼離門近，聽到聲音，連忙推開一臉壞笑著想追問的趙攸寧，走過去將門打開，將小二讓進來。

如今多了兩個人，四個人只好規規矩矩地各坐一方。

小二滿面笑意地躬身道：「幾位客官，要用些什麼？」

元煜離小二最近，也不見外，率先開口道：「你們這兒的招牌菜是什麼？」

「回客官，咱們店以蘇菜為主，醋魚、涼糕、桂花鴨如今正值季節，也是現下賣得最好的，絕對值得一試。」小二笑咪咪道。

元煜點點頭。「那就一樣來一道，有什麼其他的招牌菜，也都來一份。」

「好咧！」

元煜看向其他三人。「你們可有什麼要點的？」

昨日趙攸寧和蕭灼已經來過一次，這些招牌菜味道都不錯，也沒什麼要忌口的，便沒說話。

元煜正準備就這麼定下來，揮手讓小二下去傳菜，坐在旁邊的景潯卻忽然出了聲。

「聽說你們這兒有一道名為魚膠羹的藥膳，極為滋補？」

小二點點頭，他們這兒是有，只是較為清淡，鄴京到底還是口味重一些，所以平日裡點的人不多，小二也就沒說。如今客人問了，便答應道：「是，客官可要嚐嚐？」

景潯點頭。「來一份吧，其他的按這位公子所說的即可。」

「哎，小的這就下去傳，客官您稍等。」

小二熱情地應了一聲，腳步輕快地轉身下去傳菜。

人走後，元煜摺扇一收，輕嘶了一聲看向景濤。「我記得你不是不喜歡吃魚？什麼時候換口味了？」

景濤看了對面的蕭灼一眼，但笑不語。

蕭灼放在膝蓋上的手緊了緊，景濤的話一出口，她就隱約猜到了。如今她有傷在身，的確不能吃油膩的東西，得以清淡滋補為主。

果然，不多時，菜餚便一一端了上來，店小二將那碗魚膠羹放在景濤面前後，景濤仔細審視了下那碗羹湯，點了點頭，隨後起身將它放在蕭灼的面前。

動作和眼神中所暗含的關懷與重視，只要不是瞎子，都能看得出來。

元煜。「！」

趙攸寧目光如電般看向蕭灼。

都這樣了還說沒什麼？騙誰呢！

# 第五十四章

一頓飯吃得蕭灼面紅耳赤，幸好景濤後來沒再做出什麼親密的舉動，否則蕭灼怕是從頭至尾都不敢抬頭。

不過這並不影響趙攸寧和元煜腦中的聯想，光是方才那個動作，就已經夠讓他們想像出一場大戲了。

蕭灼受傷的事情，目前只有她和景濤以及身邊的侍從知道，蕭灼也不想讓其他人知曉，所以今日特意穿了一件領口較高的衣服，看不出她脖頸上的紗布。趙攸寧和元煜不知道蕭灼受傷的事，所以這個動作才更加顯得不大對勁。

景濤也沒想解釋，又細細地將幾道不犯忌諱的食物放到蕭灼面前，方才走回自己的位子坐下。

這一舉動無疑讓其他兩人的眼光更加發亮。

好不容易吃完飯，蕭灼再也待不下去，起身找了個藉口，便準備先行回府。

景濤知道她臉皮薄，方才那舉動也的確是出於他的一些小小私心，便沒有阻攔。至於還沒說的從王大口中挖出來的事，待事情查清後一併告知也好。

但是趙攸寧顯然還有些意猶未盡，見蕭灼準備上馬車，也跟著幾步踱了過去。

「一個人回去怪無聊的，不如咱們一起？」

蕭灼看趙攸寧一副壞笑的模樣，就知道她肯定打著什麼壞主意，毫不猶豫的給了她一個白眼。「不了，我自己回去。」

趙攸寧當然不想罷休，正要再磨，一個婢女打扮的小姑娘，正好從拐角急匆匆地往這邊跑來。

那婢女一邊走、一邊尋找，看到蕭灼時眼睛一亮，提著裙子直直朝蕭灼的方向跑來。

「玉兒？妳怎麼來了？」蕭灼認出那婢女正是自己院裡的一個小丫鬟玉兒，奇怪地問道。

玉兒朝幾人福了福身，走到蕭灼近前，低聲說了幾句話。

蕭灼臉色頓時一變，抬頭看著趙攸寧道：「攸寧，今日府裡真的有事，咱們下次再聚。」

趙攸寧從蕭灼的表情也能看出來出了不小的事，不再玩笑，點點頭。「那妳快去吧，有什麼需要我幫忙的，一定得著人和我說。」

蕭灼點頭，朝後面的元煜福了福身，看向景濤時微微頓了一下，隨後轉身上了馬車。
馬車一路疾馳，很快便停在了安陽侯府門外。
蕭灼讓惜言先回院子，帶上綠妍和玉兒，快步往三姨娘的落月軒走去。
「什麼時候的事？到底怎麼回事？」蕭灼邊走邊問。
玉兒道：「就您出門後不久。今天天氣晴好，三姨娘原本和以往一樣帶著丫鬟在花園裡散步，忽地從園中的灌木叢裡鑽出一隻黑鬃犬，三姨娘極其怕狗，受了驚嚇，摔了一跤，聽大夫說肚子裡的孩子怕是懸了。」
蕭灼眉頭皺了皺。「三姨娘怕狗的事，府裡人都知道，下人房裡原本用來看門的狗都送了出去，這會兒又從哪裡跑出一隻？」
「奴婢也不知，老爺大怒，可是一查才發現府中根本無人見過那隻狗，而後花園拐角處通往後街的牆下，不知何時多了一個低矮的洞，那黑鬃犬應當就是從那兒跑進來的。」
蕭灼冷笑一聲，怎麼可能有這麼巧的事，剛好就在這時候跑過來驚了三姨娘？看來這次幕後之人的手段著實高明了不少。
至於誰是這嫌疑最大的幕後之人，蕭灼心裡當然也有數。
想到此，蕭灼有些懊惱地嘆了口氣。

她就知道三姨娘這孩子要是生下來，危險重重，卻沒想到竟然這麼快就沒了。

三姨娘也是個可憐人，沒有母家支撐，在府裡無依無靠的獨自過活，從入府後就一直小心低調，對安陽侯夫人和蕭灼從來都是恭恭敬敬，即使有孕後，也不曾有過半點不敬或逾矩的行為。所以得知她有了身孕，蕭灼心裡雖不大舒服，但其實並未有多少反感。

尤其如今蕭灼已經知道二夫人隱藏於心的野心，三姨娘懷孕對她來說其實是有益無害，她倒希望三姨娘能多分走一些父親的注意力，免得讓二夫人一家獨大，作著侯府當家主母的美夢。

為此，蕭灼曾經隱晦提醒過三姨娘，多找幾個人看過安胎的藥方才放心，也敲打過落月軒的下人。卻沒想到防人、防藥，竟會突然來這麼一遭。

她就說最近二夫人那邊怎麼這麼安靜，原來是在悶聲做大事呢。

思索間，蕭灼已經走到了落月軒門外。

從玉兒出去給她報信，到她回來已經過了不少時間，如今落月軒已經安靜了不少。

程管家正好從院子裡走出來，見到蕭灼，忙低頭行了個禮。

「程叔，三姨娘如何了？」

程管家惋惜地搖了搖頭。「也是三夫人福薄，終究還是沒能保住啊。」

蕭灼喉間緊了緊，道：「那爹爹呢？為何後花園拐角處會突然多出一個洞？是何人所為，可查清楚了？」

程管家聞言，露出為難的表情。「老爺氣得不輕，方才已經下令一個個審問排查，只是那個有洞的地方極為隱蔽，平日幾乎沒人會注意到，連那個洞是什麼時候在那兒的都不知道，想要查清楚，估計難啊！」

蕭灼咬了咬唇，若真是二夫人所為，那她這次做得倒是聰明了不少，想要查出人來估計難。不過既然做了這事，就肯定會留下蛛絲馬跡，她就不信查不到，只是到底是苦了三姨娘和那孩子了。

蕭灼點點頭，道：「好，我知道了，此事事關重大，程叔還是得盡力去查才是。灼兒就不耽誤程叔的時間了，我先進去瞧瞧三姨娘。」

程管家一躬身。「是，那老奴先去了。」

送走了程管家，蕭灼抬腳踏進了落月軒。

三姨娘是江南人士，說話細聲細氣、溫溫柔柔的。院子裡的佈置也和她本人一樣，除了一池即將綻放的蓮花外，清雅得有些寡淡，與這處處透著奢華的侯府，甚至顯得有些格格不入，但是卻令人覺得舒服。

不過今日的落月軒沒了平日的平淡寧靜，院子裡飄著陣陣藥味，來往侍奉的下人們臉上也盡是愁雲慘霧。

主屋廊下，三姨娘的貼身侍女繪星正在專注地煎藥，直到蕭灼走近了才發現她的到來，連忙起身行禮。

蕭灼也沒怪她，放輕了聲音。「姨娘可在裡頭？這會兒是醒著的，還是已經睡下了？」

繪星眼睛還是紅紅的，低聲道：「主子這會兒醒著呢，三小姐來得正好，主子在這府裡，也就三小姐能說得上幾句話，還請三小姐開導開導主子。」

蕭灼點點頭，讓綠妍和玉兒留在外頭幫忙煎藥，隨後掀開簾子進了內室。

一進內間，撲面而來的就是一股清苦的藥味，比外面要重得多。三姨娘江采月正靠在床頭，臉色慘白，唯有眼睛還紅腫著，手裡拿著一件已經做了一半的紅色嬰兒肚兜，眼神空洞的模樣著實可憐。

任誰看到這樣一副景象都無法不與之產生共情，蕭灼鼻子酸了酸，輕吸了口氣，抬步走了過去。

看到蕭灼來了，三姨娘的眼睛忽地亮了亮，手撐著床想要起身，被蕭灼快步走上前按了回去。

「姨娘現在最重要的是保重身子，不必守這些虛禮，快好好躺著才是。」

三姨娘微微掙扎了一下，才順著蕭灼的話躺了回去，只是眼睛一直看著蕭灼，似是有什麼話要說。

蕭灼隱約看懂了三姨娘的眼神，順勢坐到床邊的矮凳上，道：「姨娘怎麼了？可是有話要與我說？」

三姨娘將手中的肚兜放到一邊，停了一會兒，似是下定決心一般，伸手攥住了蕭灼的手腕，喉嚨沙啞，道：「三小姐，此事絕不是巧合，定是二夫人有意為之，請三小姐幫我查明真相，如今也只有三小姐妳能幫我了。」

在蕭灼的印象中，三姨娘一直是溫溫柔柔的，但是此時卻雙眼泛紅，提到二夫人時，眼中的痛恨令人無法忽視，這還是蕭灼頭一次在三姨娘眼中看到如此激烈的情緒。

不過蕭灼即使再懷疑二夫人，再想扳倒二夫人，面上不曾也不能表露出來。聽三姨娘這麼說，蕭灼眸中微動，伸手覆上三姨娘冰冷的手，穩著聲音道：「姨娘為何這麼說？可是有了什麼證據或線索？」

三姨娘痛苦地搖了搖頭。「暫時還沒有。可是在這府裡，除了她，還有誰會視我腹中的胎兒為眼中釘，非要除掉他不可？」

話雖如此，不過蕭灼並未附和。「今日這事，說到底是因為一隻狗，除非有確切的證據，否則說是巧合也說得過去。」

三姨娘眼珠顫了顫，她也知道這事調查起來很難，很可能以意外處理，可她心知肚明這事定與二夫人脫不了干係。

她曾將這孩子視為她在府中唯一的依靠，如今全都化為泡影，她說什麼也不能放過二夫人。

三姨娘繼而又看向蕭灼，彷彿豁出去一般，哭著道：「三小姐，求求妳幫幫我，二夫人的心思，妳我都清楚，我相信妳比我更想讓二夫人惡有惡報，只要妳能幫我……」

「三姨娘！」蕭灼臉色微變，掙脫開三姨娘的手，從座位上起身，後退了幾步。「姨娘，話可不能亂說。二夫人什麼心思，我怎麼會清楚？至於我比妳更想讓二夫人惡有惡報這句話，我就更不懂了，還請三姨娘慎言才是。」

沒想到三姨娘平日裡雖不大管事，倒是挺會觀察。她如今是與二夫人和蕭嫵那邊疏遠了不少，可遠不到敵視的程度。看來三姨娘如今也是病急亂投醫了，看出了些苗頭，所以便拚著一試。

不過這案子她會查，二夫人她也會收拾，只是蕭灼不喜歡這樣放在明面上來說，也不喜歡這種試探的感覺，遂客氣地笑了笑，道：「姨娘今日累了，今日這話，我就當作沒聽到，這事爹爹和程管家在查，定會給姨娘一個交代，姨娘如今還是好好休息，灼兒就先回去了。」

蕭灼這回答，在三姨娘看來便是拒絕的意思。看著蕭灼真的轉身欲走，三姨娘咬了咬牙，聲音都開始顫抖。「等等，若我說，我知道大夫人的死另有蹊蹺，三小姐可願留步？」

# 第五十五章

蕭灼腳步猛地頓住，回轉過身。「妳說什麼？」

三姨娘急喘了幾口氣，看著蕭灼，彷彿生怕她不信似的，道：「我知道此事的確不可思議，雖之前昭告天下說大夫人是於泥洪中喪生，可是卻並未找到屍身，本身就不盡可信。況且去年大夫人出事後不久，原本倖存下來報信的兩個下人，便不見了蹤影，二夫人說那兩人是驚嚇過度，發了失心瘋，所以被送出府了，其實根本是被二夫人滅口的。」

蕭灼心中一震，聽三姨娘這語氣並不像只是猜測。她在查娘親之死的事並未讓旁人知曉，三姨娘說這話，莫非真是知道一些內幕？

蕭灼穩住心神，正色道：「姨娘，此事事關重大，可不是只憑一張嘴說說便是的，姨娘說這話，可有證據？」

令蕭灼驚訝的是，三姨娘竟然真的點了頭。

「當然，無憑無據之事，我怎可亂說？我之所以敢斷定，是因為其中一個叫末煙的婢女，正是被我無意中所救下。不過這丫鬟只與我說是二夫人讓她稟報說泥洪來時大夫人並不在車中，至於去哪兒了她也不知道。當時我剛進府不久，不敢信任何人，此事證據不全，所以我並不敢直接將這事稟報給老爺。但是，憑此也可以斷定，大夫人之死絕對另有隱情。」

「那個叫末煙的婢女，如今在哪兒？可還能找到？」蕭灼的聲音裡含了一絲急切，任她再冷靜，聽到如此確切的線索也無法鎮定了。

這兩個回來報信的人，其實也是她心裡的一個疙瘩。她一直以為他們早已被二夫人滅口，再也找不到了，卻沒想到竟會陰差陽錯在三姨娘這裡發現線索。

果然沒讓蕭灼失望，三姨娘道：「那婢女雖然被我救了下來，但是容貌已經徹底毀了。我到底留了個心眼，想著日後或許有用，便給了她一些銀兩，將她安置在鄰城梧城的巧工繡坊裡，當一名繡娘，如今應該還在。」

出了落月軒，蕭灼仰頭微微呼吸了一口氣，看著秋水閣的方向，輕輕笑了一聲。

果然是多行不義，必自斃。

若要人不知，除非己莫為。鄭秋顏啊鄭秋顏，妳以為一切盡在掌握中，卻不知在妳做下這一切的同時，老天就已經在看著妳了。這一次，我定要妳永遠都翻不了身。

「綠妍。」

「奴婢在。」

「妳……」蕭灼正要吩咐下去，忽地想起上次去找王大，以及回來在馬車上，景潯和她說的那句「此事交給我來調查，妳不許再插手」。

她想要說出口的話，忽然卡在喉嚨裡。

「小姐怎麼了？」綠妍見蕭灼臉色凝重，又忽地不說話了，疑惑地歪了歪頭。忽然敏銳地聯想到上次蕭灼要出去找王大時，也是這個表情，臉色忽地變了。

「小姐，您不會又要出去找人吧？」

被說中了想法，蕭灼愣了一下，沒有說話。

綠妍一臉後怕。「小姐，上次您都快嚇死我們了，求您可別再這樣了。您要找誰，奴婢去幫您找好不好？」

說到這兒，綠妍停了一下，道：「或者，奴婢去和景潯世子說一聲，讓景潯世子幫您去找？」

「我自己的事，為什麼總是要別人幫忙？」蕭灼嘴硬道，臉色不自然地紅了。

綠妍抿唇一笑，小姐臉皮薄，還以為她不知道呢，她才不像惜言那樣傻愣愣的。

「不過無論如何，小姐這次絕對不能再冒險了。」綠妍堅持道。

蕭灼撇撇嘴，瞪了綠妍一眼，抬步回了院子。

沒過多久，蕭灼從屋子裡走出來，手中多了一封信。

蕭灼將手裡的信交給綠妍，淡淡道：「將這封信送去乾王府，給景潯世子。」

綠妍看蕭灼口是心非的模樣，差點忍不住笑出來，但又清楚蕭灼的性子，硬是忍住了，接過信。「是，奴婢這就去。」

待人走遠，蕭灼才收回視線，唇角微彎。

自從娘親離世後，她不得不凡事都自己拿主意，獨自處理。面上看著冷靜，也還能處理得來，但其實心裡還是害怕的。夜深人靜時，也會覺得孤獨和恐懼，窗外一些細小的動靜都能將她驚醒。

她以為自己終究會被迫慢慢習慣，沒想到老天待她不薄，有人能依靠的感覺，真好。

轉念又想到景潯在臨江軒和她說的話，蕭灼的臉色又冷了下來。雖然景潯說不用她擔心，但她怎麼可能放心得下？或許她可以去求長公主和太后，只要能藉助皇室的力量，一定能很快找到那位神醫。

進入六月，到了夏季，天氣變得也快。

蕭灼去三姨娘院裡時還豔陽高照，晚間便突然變天，下起了大雨。彷彿要將連日來的悶熱一掃而盡般，這雨一下，就下了好幾天。
蕭灼原本想去公主府的計劃不得已擱置了幾天。這些日子不好出門，也沒什麼人來訪，蕭灼正好將脖子上的傷養好，待到天氣轉晴時，已經看不太出痕跡了。
不過這些天裡，蕭灼和景潯的書信卻並未中斷，景潯的速度超乎蕭灼意料之外得快，短短四天，便已將事情查了個大概。
三姨娘提供的線索果真不假，她送出信的第二日，景潯便回信說已經在巧工繡坊找到那個叫末煙的婢女。
除此之外，還有幫二夫人買通王大等人，讓他們冒充山賊劫殺安陽侯夫人的二夫人堂兄鄭長瑋的證詞，以及王大等人殺害掩埋安陽侯夫人的地方，都查得清清楚楚。
此外，還有上次靈華寺下山途中被蕭嫵收買，配合賀明軒攔截蕭灼的幾個山匪，都統統捉了回來。甚至賀明軒本人的供詞，也全部找了過來。
蕭灼看著桌上寫著來龍去脈的一疊書信，以及附上的各項證詞，指甲深深陷入掌心。
雖然她早已經猜到娘親之死另有蹊蹺，根本不是在那場泥洪中喪生，也多少有了些心理準備，可真的將真相一樁樁、一件件擺在她面前，內心的震撼還是難以用言語形容。

想到二夫人以前在娘親面前是如何的低眉恭順，又如何擺出一副賢慧溫和的模樣展現給府內眾人，想想都覺得噁心可怖。而且自己以前居然還那麼相信她，與她交好，蕭灼恨不得回到過去給自己幾巴掌。

還好老天開眼，終是給了她一次糾正錯誤的機會。

「小姐，沈遇侍衛已經押著那些人到了後門，可要先將人關進柴房？」綠妍低聲問道。

蕭灼深吸一口氣。「先關進去，多找幾個人看著，今日爹爹剛好在府中，咱們這就過去。」

「小姐。」綠妍上前一步，攔在蕭灼面前道：「沈侍衛還讓我和您說一聲，靈華寺一事畢竟也牽扯到了潯世子，可要他來府中一趟？」

蕭灼一愣，隨即低頭輕笑。

他這是在擔心她？

雖然她很喜歡這種被人時刻記掛著的感覺，但她還是搖了搖頭。

「不用了，今日我要親自揭穿二夫人和蕭嫵的真面目，將害了娘親，還差點害了我的凶手繩之以法。」

秋水閣內，二夫人正與蕭嫵在屋內對弈。

棋盤上黑子與白子各有千秋，已是勢均力敵。二夫人手執白子，凝神思索了一番，正要落子，忽地一手撫上右眼，輕嘶了一聲。

對面的蕭嫵忙放下手中棋子，走到二夫人身邊。「娘親，怎麼了？」

二夫人搖了搖頭。「無事，只是不知為何，這幾日我的右眼皮跳得厲害，總覺得有什麼事要發生。」

「怎麼會？」蕭嫵道：「可是最近沒有休息好的緣故？」

二夫人沒有說話，起身將在門外侍立著的一個小丫鬟招了進來。

「霜兒，這幾日三姨娘院子裡可有動靜？」

小丫鬟垂首道：「回二夫人的話，並無什麼動靜。三姨娘放話說要靜養，除了老爺每日會去瞧瞧以外，沒有其他人出入。」

二夫人的眉頭舒展了些。「行了，妳下去吧。」

「是。」

待丫鬟出了門，蕭嫵走過去將二夫人扶回座位。

「我說娘親，您就是這幾日太過憂思了，三姨娘之事咱們做得隱蔽，爹爹已經以意外論處了，不必擔憂。如今三姨娘那個狐狸精肚子裡的孽種已除，府中已無威脅娘親地位的人，下人們也早就將您視為主母，表哥那邊聽說也得力得很，咱們的好日子就要來了。」蕭嫵得意道。

這話算是說到了二夫人的心坎裡，二夫人笑了笑，道：「現在說這個還言之過早。其華軒那位如何了？」

蕭嫵不屑地笑笑。「在屋子裡待著呢！得了長公主的親近又如何？絲毫不懂得把握時機，乘機與長公主多多來往，蠢笨至極。」

想到那日回府時蕭灼給自己的羞辱，蕭嫵就恨不得撕碎她。當時她還有所忌憚，可如今看來，不過就是隻紙老虎罷了。撕破臉就撕破臉，她倒要看看，到時後悔的是誰？

「娘親，您上次說的那個能拿捏住蕭灼的把柄，如今可有著落了？」蕭嫵抬頭問道。

二夫人微微皺眉。「這事畢竟時隔多年，我也不敢確認，目前還找不到確切證據。」說完，二夫人敲了敲棋盤，道：「不過這不急，當下還是要快些精進妳的棋藝。上次長公主說會再找機會與妳切磋棋藝，如今天晴了，妳也該給自己尋時機才是，可別讓三姑娘搶了先。」

「知道了，娘親。」

蕭嫵點頭自信地答應，正準備繼續方才那一局，卻見程管家冷著臉從門外走了進來。

「二夫人、二小姐，老爺有請。」

# 第五十六章

如今府中事多，蕭肅偶爾會找二夫人商議一些細節，因此聽程管家來報，二夫人也不覺得奇怪，收拾了一番便和蕭嫵一起出了門。

走到半路，二夫人發現這條路並不是如以往一般去書房，而是往正廳的方向，且程管家自始至終都冷著臉，心裡開始覺得不對勁。

蕭嫵也覺出了不對，伸手悄悄拉了拉二夫人的袖角。

「程管家。」二夫人上前一步，客氣道：「怎麼是去正廳的方向？可是老爺今日來了客人要招待？」

程管家面色依然淡淡的，躬身道：「老奴也不太清楚，二夫人您去了應當就知道了。」

被不動聲色的擋了回來，二夫人臉色有些不大好看。不過程管家是蕭肅身邊的人，她也不好給臉色，只能訕訕地閉了嘴。

不多時，幾人便走到了正廳外。

程管家做了個請的手勢，道：「到了，二夫人，二小姐，請進去吧。」

二夫人點了點頭，客氣地笑了笑，和蕭嫵一前一後走了進去。

身後，程管家看著二夫人的背影，搖了搖頭。

方才三小姐和老爺說話的時候，他無意聽了一耳朵，果真是自作孽，不可活，二夫人這次怕是再也翻不了身了。

正廳內，氣氛壓抑。

蕭肅背對著門站著，蕭灼則站在蕭肅身後，雙眼泛紅，明顯哭過，看到蕭嫵和二夫人進來，冷冷地看了兩人一眼。

二夫人心中一緊，心中的不安越發濃重。

「老爺，這麼急著讓妾身和嫵兒過來，可是有什麼急事？」二夫人壓下心中的不安，如往常一般躬身行禮。

一室靜默。

二夫人臉色變了變，再傻也知道蕭肅必然是因為什麼事生氣了。可是最近府裡最大的便是江采月那賤人的事，莫非是老爺知道了什麼？

不對啊，這事她明明做得十分隱蔽，老爺早就不查了。

二夫人偏頭看向站在一旁冷冷看著她的蕭灼。難道蕭灼發現了什麼，來告狀了？

拿不準蕭肅到底是什麼意思，二夫人不敢直起身來，額上隱隱冒出了冷汗。

倒是蕭嫵耐不住了，上前一步，如往常一般撒嬌道：「爹爹這是做什麼？若是有什麼不快，大可說出來，女兒為爹爹分憂，可別憋在心裡，也別拿娘親撒氣呀。」

說完轉向蕭灼，語氣意有所指。「還有，三妹妹，爹爹如今事務繁忙，可莫再任性胡說些讓爹爹心煩的話了。自從上次得了太后和長公主的賞賜後，咱們姊妹倒疏遠了許多，說到底咱們才是一家人，骨肉至親，該一同為爹爹分憂才是。」

蕭灼看著蕭嫵這時候還陰陽怪氣的嘴臉，嗤笑一聲。「原來二姊姊也知道骨肉至親四個字，我還當二姊姊心裡只有名利榮華呢。」

蕭嫵一噎，又顧忌著蕭肅在這兒，不敢直接嗆回去，捏著嗓子委屈道：「三妹妹這是什麼意思？不論是長公主還是幾位世子，可都與妹妹妳親近一些，姊姊……」

「夠了！」蕭肅出聲打斷，轉過身來。

蕭嫵嚇了一跳，看著蕭肅滿是怒意的臉，瑟縮了一下，眼眶紅了。「爹爹，女兒說的都是實話。」

蕭肅閉了閉眼，看著蕭嫵一臉快要哭出來的表情，似是不想再聽她說下去，開門見山道：「嫵兒，從小到大妳在爹爹的心裡，一直都是一個乖巧懂事的孩子，現在爹爹要妳如實回答，灼兒在靈華寺回府途中遇到的那幾個山匪，到底是不是受了妳的指使？」

蕭嫵眸子倏地睜大，差點沒站穩。

這事已經過去了這麼久，蕭嫵原以為上次蕭灼提起來不過是嚇唬她，卻沒想到居然真的將此事說了出來。

一旁的二夫人聞言也心中一驚，顧不得再以退為進，直起身來，悄悄握了握蕭嫵的手。

蕭嫵很快穩住了心神。那些山賊早不知跑到哪裡去了，哪有那麼容易找到？蕭灼不過是在虛張聲勢罷了，只要那些山匪沒找到，她不認，誰也沒有證據。

打定了主意，蕭嫵茫然地搖了搖頭。「什麼山匪？為何會與女兒有關？可是三妹妹和爹爹說了什麼？爹爹，三妹妹如今對我誤會至深，爹爹萬莫要冤枉了女兒。」

蕭灼早知道她會這麼說，對身後的綠妍使了個眼色。

綠妍應聲而去。

蕭灼上前一步道：「爹爹，此事涉及到景潯世子，景潯世子已經將那幾名山匪捉拿歸案，交由女兒處置，女兒這就將人帶上來。」

這話一出，蕭嫵和二夫人的臉雙雙白了。

蕭嫵不可置信地看著蕭灼。怎麼可能？事情已經過了這麼長時間，她怎麼可能還能將人找出來？

蕭灼只是冷冷一笑，連看都不想再多看她一眼。

不多時，兩名家丁便將五個人帶了上來，其中一個是當了吏部主事後便鮮少來安陽侯府的賀明軒，剩下四人衣衫破爛，形容狼狽，被五花大綁，便是那日生還逃走的四名「山匪」。

五人被押了上來跪成一排，蕭肅看著為首的那個「山匪」，沈聲道：「說，是何人指使你們攔截侯府小姐，意欲何為？」

那人顫巍巍抬頭看了一圈，停在蕭肅滿是冷意的臉上，顫著身子道：「是……是一個叫煙雨的姑娘，說是奉她家小姐之命，在靈華寺的下山路上攔截蕭三小姐和賀公子，給……他們製造獨處的機會，最好……最好是生米煮成熟飯……」

說到最後一句時，那人的頭越來越低，聲音也越來越小。

不過也足夠在場的人聽清楚了，蕭肅狠狠一拍桌子。「大膽，豈有此理！」

煙雨是蕭嫵的貼身丫鬟，她口中的小姐是誰，自然不言而喻。

蕭肅看向蕭嫵。「嫵兒，他說的可屬實？」

蕭嫵早在這幾人被帶上來時就已經臉色慘白，聽著蕭肅的喝問，更是覺得雙腿發軟，差點就要跪下來，被二夫人硬生生掐著胳膊攔了下來。

此事事關重大，若是真的，那嫵兒一輩子就真的毀了，她絕不能讓此事發生。

二夫人看著旁邊低著頭的賀明軒，跪下來道：「老爺明察，嫵兒從小純善，年紀又小，怎麼可能做出這種事？定是有人意欲脫罪，栽贓陷害！」

說罷，二夫人轉向賀明軒。「明軒，姑姑知道你愛慕灼兒已久，姑姑也勸過你，以你的門戶，莫要再癡心妄想。你恨姑姑也好，怨姑姑也罷，萬不該想出這種卑劣的手段，更不該為了脫罪，與這山匪串通，將你妹妹也牽扯進來。」

聽了二夫人的話，蕭嫵原本灰白的臉色忽地一亮。

對，還有賀明軒，大不了就將罪名全部推到賀明軒身上，反正他不過是她的棋子罷了。

蕭嫵也跟著跪到了二夫人身邊，聲淚俱下。「表哥，嫵兒求你了，你快和爹爹解釋清楚。」

賀明軒一直跪在那兒沒有說話，忽地冷冷笑了一下。

看來那位景潯世子說的沒錯，自己不過是一枚棋子而已，只要沒了利用價值，隨時都可以被丟棄。

既然如此，那他也不用再客氣了。

賀明軒抬起頭，從袖中掏出幾封書信，高舉到蕭肅面前。「回稟侯爺，此事確實是二小姐與我同謀，這是二小姐與我所通的書信，您一看便知。我自知犯下大錯，還請侯爺開恩，莫要累及我的父母。」

蕭嫵萬萬沒想到，她以為一向被她玩弄於鼓掌的賀明軒，居然會留這麼一手，這下是徹底傻了眼。

蕭肅接過書信，即使不拆開看，光看蕭嫵的臉色，就已經能猜出了個大概，頹然地微微仰頭，閉上了眼。

蕭灼忽然來和他說的兩件事，太過讓他震驚，他原本兩件都不大相信，可是如今看這第一件的真相，他不得不相信第二件也是真的了。

靜了一會兒後，蕭肅才再度出聲，只不過這次不是對著蕭嫵，而是還在極力思索著如何為蕭嫵脫罪的二夫人。

「嫵兒的事，我待會兒一併處置。秋顏，我問妳，阿韻的死，可是妳暗中所為？」

此言一出，二夫人就跟被定住了一般，整個人愣在了原地。

# 第五十七章

不知過了多久，二夫人才僵硬的扯了扯嘴角，強笑著吞了吞口水，緊攥著手，抬起頭。「老爺這話是何意？眾所皆知大夫人是因意外落入泥洪而喪生，怎會與妾身有關？」

方才靈華寺一事，蕭灼還能沈得住氣，可是涉及到娘親，蕭灼再也忍不住，紅著眼，咬牙切齒，沒跟二夫人狡辯，只冷冷地問了一句。「二夫人可還記得當日回來報信，然後便在府裡消失的末煙？」

聽到這個名字，二夫人瞳孔一縮，嗓子顫了顫。「那兩個奴才受驚過度，早已不能再用，我便給他們一些錢，讓他們回鄉去了。」

蕭灼輕呵了一聲。「綠妍，妳去把末煙、王大，還有鄭長瑋等人帶上來，讓二夫人好好認認。」

「是，小姐。」

綠妍下去帶人，蕭灼看著已經嚇得癱坐在地上的鄭秋顏，拿起放在桌上的那一疊證詞，盡數甩在她的臉上。

「二夫人好好看看，可別有哪一樁是冤枉了妳！」

不多時，綠妍就將人帶了上來。

也不知景潯是用了什麼方法，涉及到的人被帶上來前就已經被敲打了一番，不需要如何恐嚇逼問，便將事情的來龍去脈說了出來。

二夫人是何時與鄭長瑋起了不該有的心思，如何暗中謀劃、收買人馬，等待時機，趁著喬韻外出探親時，在隨行的人中提前安插自己的眼線，然後回程時裡應外合，讓王大等人冒充山匪擄走喬韻，殺人埋屍。

即使已經提前看過事件的經過，可再次聽到鄭長瑋親口說出來，蕭灼還是忍不住淚流滿面。

「二夫人，自從妳入府，娘親便對妳照顧有加，從不曾苛待於妳，甚至連府中大小事務都信任於妳，交由妳管理，妳為何還不知足？竟然用如此陰毒手段害我娘親？」

「不可能，這……怎麼可能？」二夫人此時也沒了言語，眼珠一瞬不瞬地盯著眼前她一直以為早已消失在這世間的末煙和王大，跟見了鬼似的喃喃自語。

蕭灼冷笑。「不可能？是覺得王大和末煙早就被妳滅口，不可能出現在這裡嗎？若要人不知，除非己莫為，妳既然做了虧心事，就得做好還回來的準備，妳自作孽，老天爺讓他們活下來，就是要讓妳血債血償！」

「妳胡說！」二夫人忽地從地上坐了起來，彷彿如夢初醒般，淚如雨下。「老爺，妾身冤枉啊！妾身不知怎樣得罪了三小姐，竟然花費這麼大的力氣，買通這些人來害妾身，還請老爺明察啊！」

如今證據確鑿，還在嘴硬。

蕭灼轉身看著坐在桌邊，閉著眼，以手支撐著額角的蕭肅。

「父親，當日娘親出事，我便已覺事有蹊蹺，可是我卻因為體弱，沒能幫忙查清娘親真正的死因，才讓凶手逍遙法外這麼長時間。如今證據確鑿，還請父親早做定奪，以告慰娘親在天之靈。」

蕭灼看著蕭肅，眼神清亮，沒了以往的乖順柔弱，更多的是讓人無法敷衍的不容置疑和倔強。

蕭肅心裡驀地一疼。

灼兒她……應該是怪他的吧？

當然，他是該怪，這些年他大多將注意力放在朝廷，很少關注後院的事，對幾個女兒的囑咐教導也只在口頭上。只看到了面上的和睦，卻沒想到私下裡竟然會出這樣的事。

他與韻兒雖是長輩聯姻，父母之命，可韻兒才貌、家世樣樣出色，與他這些年感情也不淺，更別說還給他添了庭兒和灼兒，可他卻……

蕭肅狠狠嘆了一口氣，想到方才他問蕭灼為何不早與他說，而要自己冒險去查的時候，蕭灼眼神黯然，低聲說她怕打草驚蛇，也怕他不相信時的表情，心中的痛苦更甚。活了一大把年紀，還如此識人不清，平白讓自己的妻子蒙冤，還要讓自己的女兒來彌補他的錯誤，真是失敗至極。

蕭肅的目光移到二夫人和蕭嫵身上，想到她做的這些事，眼中再沒了以往的溫情，冷聲開口。「鄭秋顏，如今證據確鑿，妳謀害當朝郡主，罪無可恕，念在妳這些年在府中還算勤懇，沒有功勞也有苦勞，我就不上報於聖上，累及妳家人了。罰妳杖責五十，餘生就去鄉下莊子裡好好思過，再不可踏出一步。」

二夫人眸子忽地睜大，直直癱坐在地上。

蕭灼眼睫微斂，輕舒了一口氣。

如果可以，她恨不得將她千刀萬剮，如此算是便宜她了。畢竟她在府中待了這麼多年，她早知道爹爹不會殺了她，不過以鄭秋顏這身子骨兒，這五十大板下去，能不能活還難說。就算能活下來，她也有的是法子讓她生不如死。

蕭嫵跪在鄭秋顏身邊，聽了蕭肅的處置，不可置信的搖頭，跪爬過去拉住了蕭肅的衣角。「爹爹，娘親服侍您這麼多年，您怎麼可以這麼狠心？就因為蕭灼這個賤人帶來的這一群人，就要這樣對待娘親嗎？」

「住口！」蕭肅一拍桌子，眼中略有不忍地將衣角從蕭嫵手中扯開。「還有妳，蕭嫵，妳小小年紀，便跟妳母親學的這些陰毒手段，殘害骨肉至親，還好灼兒沒出什麼事，否則妳萬死難辭其咎！從今日起，妳便給我跪在祠堂好好思過。如今妳也大了，再過些日子，為父便幫妳尋一門親事，讓妳好好收收心。」

「不、不要。」蕭嫵嘶啞著嗓子拚命搖頭。「爹爹，我和娘親都是被冤枉的，難道您寧願聽信蕭灼這個賤人……」

「蕭嫵！」蕭肅喝道：「妳若再說一句辱罵妳妹妹的話，妳便和妳娘親一起去莊子裡！」

去了莊子，就等於與這京中的富貴圈再無半點關係，這對一心想要往上爬的蕭嫵來說，無異於比死還難受。

蕭嫵口中的話頓時卡在了喉嚨，低著頭嗚嗚地哭了起來。

蕭肅閉了閉眼，不願再看，轉頭朝門外道：「來人，還不快將這兩個人帶下去！」

程管家一直侍立在門口，聞言立時帶了幾個人進來，將二夫人和蕭嫵一左一右的架了起來。

往門外拖了沒幾步，二夫人忽然從架她的人手中猛地掙脫出來，往前爬了幾步，原先空洞的眼中含著怨毒，看了蕭灼一眼，隨後望著蕭肅，淒然一笑。「侯爺，你說我為了府裡勞心勞力，沒有主母的名頭，卻擔著主母的事，我都是為了什麼？還不是為了讓嫵兒過得好一些？可你呢？就因為我的身分，你面上看重嫵兒，但心裡有沒有一天沒把嫵兒當庶女看待？可曾有一天動過要為嫵兒謀求一門高官正室的好親事？就連我想請你為我兄弟謀個差事，都開不了口！只要我一日為妾，嫵兒便一日沒有出頭之日，我這麼做，有什麼錯？」

二夫人說著，忽然笑了起來。「侯爺，你今日處置了我，其實根本不是為了所謂的情義，不過也是權勢二字而已。其實論看重權勢，你比我更甚，不是嗎？因為大夫人郡主的身分，還有你這個嫡女。」

說到這兒，二夫人忽然看向蕭灼，冷笑道：「呵，侯府嫡女，你這個所謂的嫡女，其實根本不是你的親生女兒！」

蕭灼心裡咯噔一聲。莫非二夫人知道了什麼？可是看著她一副要魚死網破的模樣，又覺得不可能，若是二夫人真的知道了她的真實身分，怎麼會是這種表情？

「住嘴！」蕭肅從椅子上站了起來，抖著手指著二夫人。「妳可知道妳在說些什麼？」

「我當然知道我在說什麼！」二夫人指著蕭灼道：「當日大夫人生產時，我就在府中，親耳聽到大夫說大夫人難產，怕是早已胎死腹中，又怎麼可能生出她來？而且後來大夫人身邊的宋嬤嬤，就是在那晚之後出現在大夫人身邊的。這個蕭灼，根本就是她從府外抱來的野丫頭，偷梁換柱養了這麼些年，虧得侯爺真把她當親女兒看待！」

一旁的蕭嫵也瞬間如活了過來一般。這些日子娘親一直說正在查能致蕭灼於死地的把柄，只是如今是猜測，一直沒找到確切的證據。娘親一直沒和她說，她也沒想到娘親所說的把柄，居然這樣讓人震驚。

雖然沒有證據，但是娘親既然敢說出來，定是有把握。如今她們落得這步田地，都是拜蕭灼這個賤人所賜，她就是死，也要帶上她一個。

蕭嫵也乘機掙脫了出來，附和道：「沒錯，爹爹，這個蕭灼根本不是您的女兒，我和娘親早已知曉，只是一直不敢和您說，您若不信，大可以滴血驗親。」

聽到「滴血驗親」四個字，蕭灼交疊在身側的手緊了緊。雖然她已經猜到了她可能的真實身分，但是畢竟只是猜測，不能確定。

蕭嫵和二夫人果真惡毒，死到臨頭了還要拉上她一起。滴血驗親這一遭，不論結果如何，只要驗了，她和父親隔閡越深不說，她的名節多少也毀了。

以父親這多疑的性子，只要她們倆咬死，怕是不得不驗。

果然，聽了二夫人和蕭嫵信誓旦旦的話，蕭肅的臉上竟然真的出現了一絲動搖。

蕭灼正要出聲反駁，守門的幾名家丁忽地滿頭大汗地跑了進來，一進門就撲通跪了一地。

「啟稟侯爺，太后娘娘駕到！」

# 第五十八章

「什麼？太后？」蕭肅滿目驚訝，太后極少出宮，怎會恰好在這個時候來安陽侯府？

蕭灼也面色變了變，似是感應到了什麼，掩在袖中的手不由自主地抓住了衣角。

幾人神色各異，不過現在顯然不是驚訝和猜測的時候，蕭肅趕緊起身準備出去接駕，可是剛走出沒幾步，身著常服的太后已經在幾名隨侍的簇擁下，走進了廳內。

蕭肅連忙跪下。「臣接駕來遲了，還請太后娘娘恕罪。」

其餘眾人也紛紛下跪行禮。

太后冷冷看了蕭肅一眼，沒有直接讓其平身，而是繞過了蕭肅，走到蕭灼面前，將蕭灼從地上扶了起來。

蕭灼抬頭，太后笑得溫柔，輕拍了拍蕭灼的手，將人拉著一同走上了廳中的主位，坐了下來，方才看著底下跪著的蕭肅、蕭嫵、二夫人等人，抬了抬手。「蕭侯請起吧。」

只說了蕭肅，卻並未包含二夫人和蕭嫵。

蕭肅從地上起身，看著太后對蕭灼這親密過了頭的行為，目露不解。而依舊跪在地上的蕭嫵和二夫人，更是驚疑不定。

太后冷冷地從底下人的臉上一一掃過，看向二夫人和蕭嫵時，眼中冷意畢現，隨後才緩緩轉向蕭肅，開口道：「哀家今日來是為了兩件事。第一件，哀家聽說阿韻的死，其實並非之前說的偶然遇上了泥洪，而是另有蹊蹺，而這凶手，蕭侯已經查明了，可有此事？」

蕭肅心中一震，太后怎麼會知道此事？看太后這神情，怕是已經全都知道了。太后與韻兒是至交好友，如今太后出馬，鄭秋顏必死無疑。

蕭肅看了旁邊已經沒了方才的氣勢，站都有些站不穩的母女倆一眼，雖然於心不忍，可到底不敢欺瞞太后，咬牙道：「是。」

太后微微一笑。「哀家還聽說，這幕後凶手便是蕭侯的妾室鄭氏所為，可有此事？」

蕭肅面色灰白，知道鄭秋顏這次是真的再也保不了了，低聲道：「是。」

太后滿意地點了點頭，看著陡然軟倒在地上的母女二人，語氣沈冷。「既如此，謀害郡主乃是滔天大罪，蕭侯是怎麼判的？」

之前的幾句還是詢問，這一句，就是明晃晃的問責了。

蕭肅出了一頭的冷汗，他的確看在鄭秋顏多年服侍他的面子上輕判，一時根本不敢答話。

太后冷道：「阿韻與我從小便是至交，她從小便才貌雙全，又是當朝唯一獲封的郡主，當日嫁給還未在朝中站穩腳跟的你，甚至算得上是低嫁，卻沒想到竟然所託非人，保護不了她就算了，連殺害她的真凶都有意包庇。」

蕭肅忙跪了下來。「臣有罪，還請太后息怒。」

「息怒？」太后冷冷一笑，看向二夫人。「鄭秋顏，妳膽敢謀害郡主，甚至還辱罵皇室公主，真是好大的膽子！」

二夫人身子猛地一顫，在蕭肅面前她尚且還能反駁求情幾句，可是在太后這絕對的威嚴面前，她根本連一句話也說不出口。

倒是蕭嫵和蕭肅注意到話裡「辱罵皇室公主」這一句的不對勁。鄭秋顏根本沒見過長公主，何來辱罵皇室公主這一說？

而且太后方才這話，倒像是刻意意有所指似的。

蕭嫵抬頭，看著太后依舊拉著蕭灼的手，腦中閃過一個不可思議的想法。

不可能，這實在太荒謬了，怎麼可能？

只可惜太后接下來的動作，徹底讓蕭嫵愣在了原地。

太后轉頭看著身旁同樣還處在愣神中的蕭灼，將蕭灼的手拉過來放到自己的膝上，微微提高了聲音。「這便是哀家要說的第二件事了。十七年前，因哀家的小公主生來八字輕，遠靈大師斷言公主受不住皇家供養，所以哀家便與阿韻商量，將小公主交給阿韻撫養。當時的後宮動盪不安，哀家為防有心人圖謀不軌，因此並未張揚。沒想到天意難測，阿韻的孩兒不幸夭折，哀家念及阿韻喪子之痛，便索性讓小公主認了阿韻當娘，將侯府當成家。

「原以為這是兩全其美的好事，哀家信任蕭侯，相信哀家的小公主能在侯府平安順遂的長大，也是因著公主的原因，這些年才對蕭侯明裡暗裡的提拔，卻沒想到哀家竟是信錯了人。蕭侯，你不僅沒有能力護好對你一片真心的阿韻，竟連凶手都下不了狠心治罪。還有灼兒，哀家的金枝玉葉，竟然在哀家不知道的地方，被別人陷害、侮辱。今日若不是有人告知哀家，你就打算讓這對母女挨個板子，禁個足就完事了？」

這一席話，讓官場上向來老練穩重的蕭肅都聽得失了言語，怎麼也沒想到這一場審問不但引來了太后，竟然還牽扯出了這麼一樁令人不可思議的真相。

不過雖然震驚，蕭肅到底還算清醒，忙俯身跪拜下去。「臣不敢，是臣識人不清，主次不分，臣知錯，請太后娘娘降罪。」

太后看著蕭肅的眼神滿是失望，目光隨後移到了跪在旁邊的蕭嫵和鄭秋顏身上。

蕭肅尚且都傻了眼，更別說一旁原本準備拚個魚死網破，想將蕭灼一起拉下水的兩個人。

蕭嫵眼神空洞，只搖著頭喃喃說著「不可能」；二夫人則在聽到太后道破蕭灼真正的身分時，兩眼一翻，昏死了過去。

太后冷冷一笑，看著蕭嫵和二夫人彷彿在看兩個死人。「謀害當朝郡主，對皇室不敬，這兩樁罪足以讓這對母女死一萬次。既然蕭侯下不了手，那便由哀家代勞吧。來人，傳哀家旨意，鄭氏即刻斬首示眾！至於蕭嫵，念在其年紀尚小，看在蕭侯這些年大小功勞的分上，留她一命。不過死罪可免，活罪難逃，判其貶為庶人，流放幽州。蕭侯，你覺得如何？」

蕭肅此時哪裡還敢求情，他也明白太后留蕭嫵一命，已是法外開恩，至於鄭秋顏，也是她自作孽，不可活。

蕭肅深深吸了口氣，俯身跪拜。「臣謹遵太后懿旨，謝太后留蕭嫵一命。」

話落，蕭嫵眸子忽地一顫，也昏死了過去。

沒等太后再說話，太后身邊的人便十分有眼色的上前，將蕭嫵和二夫人拖了下去。

這場鬧劇總算落下了帷幕，廳中很快恢復了寧靜。

太后臉上的冷意慢慢褪去，看著沒有她的允許，依然不敢起身的蕭肅，輕抬了抬手。

「蕭侯，你先下去吧，哀家還有話要和灼兒說。」

「是。」

蕭肅起身，眸色複雜的看了蕭灼一眼，退了出去。

廳中徹底安靜了下來。

方才處置二夫人和蕭嫵時，太后周身散發出上位者的威嚴，皇家氣勢十足，如今廳裡只剩下她和蕭灼二人時，太后卻忽然有了些不知所措。

其實她本想慢慢來，沒想這麼突然就和蕭灼說破，可今日看到那封密信上所寫的，鄭氏那對母女暗地裡打的主意，以及對蕭灼做的事情後，太后就再也坐不住了。

她之所以想循序漸進，一大半的原因是以為蕭灼在侯府過得很好，如今卻發現不但不是這樣，甚至遭人暗害了好幾次，哪裡還能坐得住？所以收到信便立刻出宮來了蕭府，事先沒有準備就將蕭灼的身分說了出來。如今人處置完了，太后卻有些不知該如何面對蕭灼了。

至於蕭灼，直到現在還依然處在茫然中。雖然事先已經猜到，自認有了準備，可是當太后真親口說出來，蕭灼還是有些不敢相信。

她竟然真的是太后的女兒、當朝的公主。可是震驚後，她並沒有因身分的轉變而狂喜，也沒有對到現在才知道的埋怨，反而異常平靜。

她抬頭看向目露期待地看著自己的太后，張了張口，卻不知道該說些什麼，過了一會兒，才問了一句。「太后，我真的……是您的女兒嗎？」

聽到蕭灼對自己的稱呼，太后眼中明顯失望了一瞬，不過很快就褪去了。她慈愛地摸了摸蕭灼的頭，點點頭。「是，妳原本的名字叫做元清妙，是我最小的女兒，鄴朝最年幼的公主，千真萬確。」

元清妙……怪不得她的小名叫妙妙，小時候她問過好幾次她的小名的由來，娘親總是笑而不語卻意味深長的表情，原來就是因為這個。

蕭灼微微斂眉，其實她問這句話一半是因為不知該說什麼，另一半則是源於心中的一些疑惑。

太后說她是因為八字的原因，才被接入侯府，可是即使如此，為什麼從小到大，太后卻一次也沒有來看過她？

不只如此，蕭灼還覺得太后面對她時，總是帶著一種愧疚感，她總覺得自己從小在侯府長大，或許原因並不像太后說的那樣簡單。

許是蕭灼疑惑的眼神太過明顯，太后心中微微一緊。

「怎麼了？妙妙可是還有什麼疑問？」

蕭灼搖了搖頭，直覺告訴她，真相應該不會那麼好看。

見她搖頭，太后微微鬆了一口氣。

她在後宮浮沈許多年，早已對任何事都能淡然處之，如今這還是頭一次感到害怕，怕她的妙妙知道真相後會怪她。所以話到了嘴邊，還是拐了個彎，隱瞞了最讓她後悔的那一段。

此事只有她和遠靈大師知道，如果可以，她寧願隱瞞一輩子，用盡自己的所有，去彌補她的妙妙。

太后抬手摸了摸蕭灼的頭髮，看著出落得標致漂亮的女兒，眼睛微微發紅，握住了蕭灼的手。

「妙妙，如今阿韻已經不在了，妳再待在這侯府，母后也不放心。母后待會兒便回宮和妳皇帝兄長說，擇日就恢復妳公主的身分，讓妳隨母后回宮居住，母后一定將妳這些年所受的苦全都補回來。」太后笑著道，卻見蕭灼並未露出她想看到的高興模樣，笑意忽地淡了下去。

「妙妙，妳怎麼了？可是不願與我回宮？」

「太后娘娘恕罪，今日這事實在太過出人意料，可否讓灼兒再緩些時日？」蕭灼低聲道，可是低垂的眉眼卻已經暴露了她內心的想法。

誠然，她的確還是沒法立刻就接受。

蕭灼從記事起就在侯府，娘親更是從小到大都將她當眼珠子疼著，是她最親、最信任的人。還有從小疼她的哥哥，還有爹爹。雖然爹爹生性多疑，在蕭嫵和二夫人這件事上的確讓她有些寒心，但終究還是對她的好多一些。她所有的快樂回憶都來自侯府，尤其是娘親對她的愛和呵護，這時候卻有人來和她說她並不是娘親的孩子，要帶她回去，不論對方是誰，她都無法接受。

更何況，娘親如今已經不在了，哥哥常年在外，如今又處置了蕭嫵，府裡便只剩下她一個。她還想著能經常在娘親墓前陪她說說話，在父親跟前盡盡孝道，等哥哥回來，再給她帶邊境買來的新奇玩意兒。

可若恢復了她的身分，就像將她與這一切隔了一道屏障似的，再見便是君臣之禮。

太后是個人精，多少能猜透蕭灼內心的想法，心中雖然失望，卻也無可奈何。

這麼多年的時光，錯過了就是錯過了，到底是她想得太好，太過心急了。

同時，太后的心裡又多了一絲高興。蕭灼如此回應，不也同時說明，蕭灼是個重情重義的人嗎？看來阿韻的確把她教得很好。

既然蕭灼不願，太后縱然再想將蕭灼留在身邊，也不得不按捺下去，點了頭。「也好，母后知道妳一時無法接受這些，更無法割捨與阿韻的母女之情，是母后欠缺考慮了。既如此，妳便先留在侯府，不過要答應母后，經常進宮陪陪母后可好？」

蕭灼沒想到太后不僅沒因為她的拒絕生氣，反而這麼容易就答應了，感激地笑了，重重地點了點頭。

太后眸色複雜地嘆了口氣，喉中的那句「能不能喚我一聲母后」徘徊了半天，最終也沒有問出口。

過了一會兒，才溫聲道：「妙妙，能不能讓母后抱抱妳？」

這次蕭灼沒怎麼猶豫，主動傾身靠進了太后的懷裡。

太后的手輕柔地撫上蕭灼的後背，眼眶瞬間就濕了。

她想要妙妙撲到她懷裡想了這麼多年，今日終於實現了，真好。

還好，時間還長著，她有足夠的時間將她沒有給出去的母愛加倍補回來。

太后是臨時出宮，沒有待多久便得回宮。回宮前，太后還特意和蕭肅單獨談了談。

也不知太后和蕭肅說了什麼，出來後，蕭肅便坦然接受了蕭灼依然留在府中的事，對待蕭灼也依然如往常一樣，這讓蕭灼驚訝又開心。

之前蕭灼最怕的，便是一向看重規矩的蕭肅，從此見到自己便行臣子之禮，如今這樣，正合了蕭灼心意。

然而這僅僅只是個開始。

太后雖然答應蕭灼讓她繼續留在侯府，可是該給她撐的腰卻一樣沒少。

第二天，太后便下了旨意，以感念清陽郡主為由，封蕭灼為當朝第一位郡主，賜封號「榮惠」，並賞了皇室公主才會有的鳳紋玉珮。

這道旨意一下，頓時在京城貴女圈裡掀起一陣軒然大波。

# 第五十九章

在鄴朝，郡主的身分很是尊貴，僅次於當朝公主，是高官貴女們所夢想的最高之位。有資格獲封的，要麼是才華極為出色，要麼是父輩功勛赫赫，封無可封，當然也有是因為深受皇上、太后賞識的。不過那是極少數，畢竟封了郡主就等於有了皇室撐腰，相比之下還是直接賞賜居多。

正因為如此，鄴朝開國以來能獲封郡主的人寥寥可數，先皇那一代也只有喬韻這一位清陽郡主。這也是蕭肅遲遲不願續弦，將安陽侯夫人的位置一直讓已故的喬韻占著的原因。還有在處置二夫人時，不敢讓他人知曉的因由。若不是鄭家已然敗落，人丁稀落，怕是所有在朝為官的都得受牽連。

所以蕭灼才剛及笄的年紀，居然被封為郡主，帶給眾人的震驚可想而知。震驚之餘又紛紛猜測，蕭灼並不符合前面兩個條件，那麼就只剩下了最後一個。

思及此，之前還在觀望或還未與蕭灼過多交際的小姐們，個個都快把腸子悔青了。

之前第一次在御花園時，見太后對蕭灼並未多熱絡，在公主府出了梁婉那件事，也有人認為這或許只是太后對於受冤枉的蕭灼單純的安慰，卻沒想到統統錯了主意，蕭灼竟然已經受寵至此。

她們尚且如此，那些或多或少與蕭灼有過過節的，更是嚇破了膽。

蕭灼已是榮惠郡主，以後見了面，她們需要行禮跪拜不說，若是蕭灼記仇，想要罰她們，那還不是動動手指的事？

除此之外，還有少數嫉妒得快要發狂的人。

孟府內，孟余歡剛接到消息，就陰著臉關上屋門，將屋子裡的擺設砸了個粉碎，一整天都沒有丫鬟、婆子敢去敲門。

其實莫說是她們了，就連蕭灼自己都是懵的。

從傳旨太監的手裡接過聖旨，蕭灼還有些不知道該說什麼。還是一旁的蕭肅上前一步，笑呵呵地送走了傳旨公公，隨後回過身來輕拍了拍還有些發愣的蕭灼的肩膀。

其實太后昨日便與蕭肅說了這個打算，太后說想要給蕭灼一個驚喜，所以蕭肅才一直瞞著沒說。

蕭肅知道蕭灼還需要一些時間消化，所以並未多說什麼，吩咐惜言和綠妍好好伺候，就先行回了書房。

走到門口，蕭肅微微回身，看著廳中明明還是個孩子，卻故作鎮定，但還是掩不住嘴角溢出笑意的小姑娘，鼻尖微微發酸。

昨日事發突然，蕭肅回去後，整整想了一夜。

想著這些年對蕭灼的疏忽，想著蕭灼這些日子來可能忍受的恐懼害怕，想著太后和他說的蕭灼還是想留在侯府，給韻兒和他盡孝。

而他自己呢？糾結著蕭灼不是他的女兒這件事，可莫說是他的親生女兒，就是養女，他這父親也是不合格的，是他沒有盡好做父親的責任，糾結這些，又有何意義？

蕭肅嘴角的笑意有些發苦，繼而又欣慰的嘆了口氣。

還好，以後會有更多的人來愛她、疼她。這個傻孩子，她該得到的，該比這個多得多才是。

蕭肅走後，惜言便再也忍不住，興奮得小聲驚呼。

昨日惜言和綠妍都守在正廳外，對於裡頭的談話都沒聽到，蕭灼也還不想說，所以蕭灼的真實身分這事，惜言並不知曉，因此才會如此驚喜激動。

「小姐，真是太好了！哦，不對。」惜言眼睛亮晶晶的，屈膝福身，有模有樣地道：「拜見榮惠郡主。」

蕭灼敲了敲她的頭。「妳呀，這些日子越發貧嘴了。」

惜言一臉無辜。「奴婢哪有？奴婢這是替小姐高興呢。如今二小姐和二夫人總算是惡有惡報，小姐以後也不用再小心翼翼防著她們，如今還被封了郡主，有了品級，各家公子、小姐見了您，都得行禮跪拜，再不用看別人臉色，這樣大的喜事，奴婢嘴貧兩句，不是應該的？」

蕭灼無奈地搖搖頭，低頭看著手裡的聖旨，嘴角微揚。

雖然封位、名號什麼的，她不是很在乎，不過高總比低好，至少讓那些看她不順眼的人都掂量掂量，以後辦事也方便些。就是這下安陽侯府又要不安生些日子了。

蕭灼嘆了口氣。「惜言，妳去讓廚房多備些茶水、點心，今日下午的來客，怕是不會少。」

這會兒這旨意估計已經傳遍了，這次可比她上次得了太后的賞賜威力大多了。上次她已經以身體不適為由閉門謝客，這次若再這樣，難免會落得個驕矜自傲、目中無人的名聲，多少得見一見才是。

惜言自然也能想到，福了福身道：「是，奴婢這就去。」

惜言剛走到門口，綠妍正好急匆匆地跑了進來，臉上帶著明晃晃的笑意，福了福身。「小姐，方才長公主府派了人來，邀請您午後去府上一敘。」

長公主？

蕭灼心中一動。「可說了是只有我一個，還是邀了各家小姐一道？」

綠妍抿唇笑了笑。「來人特意說了，怕您覺得人多不自在，所以除了您以外，只邀請元煜和景濤兩位世子，還有趙小姐。」

蕭灼心中一喜，如此一來，她便有正當理由不用應付下午來的人了。「行，我知道了，即刻準備一下，用過午膳就出發。」

蕭灼猜得沒錯，長公主的人走後不久，就陸續有人遞帖子想上門拜訪，都被蕭灼以下午要去長公主府為由推拒了。唯有得到消息便忍不住立刻找上門來的趙攸寧被放了進去。

趙攸寧一進門，便打趣似朝蕭灼福了福身。「臣女趙攸寧見過榮惠郡主。」

蕭灼反手就給她輕輕一掌。

趙攸寧瞬間破功，一把上前拉住蕭灼，緊緊地握了個手，口裡嘖嘖嘖個不停。

「我說灼兒，最近妳這是走了什麼運？才剛得了太后的賞，轉眼就直接被封了郡主，快些讓我也沾沾。」

蕭灼原本還擔心趙攸寧會因此與她變得生疏，不過現在一看，這顧慮顯然是多餘的。

蕭灼心裡鬆了口氣，笑著拍了下她的手，卻沒有放開，順著接話。「行，那妳多握一會兒，借些運氣給妳找個如意郎君。」

「去妳的。」趙攸寧沒什麼威力的橫了她一眼，繼而好奇道：「說真的，到底是怎麼回事啊？這也太突然了。」

是挺突然的，連蕭灼自己都覺得猝不及防，需要消化。

蕭灼垂下眼，道：「說來話長，一句、兩句還真說不清楚。」

趙攸寧原本也是隨口一問，可看蕭灼的表情，似乎真是有什麼隱情。

好在趙攸寧不是個喜歡追根究柢的人，見蕭灼欲言又止，便知道其中可能有些不太好直接說的，蕭灼這會兒也不想說，所以識趣地揮了揮手。「說來話長就先不說了，反正過程也不那麼重要，重要的是結果。」

趙攸寧朝蕭灼眨眨眼。「如今妳成了郡主，就連我也沾了不少光，以後妳可得罩著我。」一說完，半喜半憂地嘆了口氣。「唉，也不知道我以後能不能忍住不仗著和妳的關係囂張跋扈，目中無人。」

蕭灼被她的語氣逗得噗哧一笑。「妳可以試試看，我保證第一個把妳法辦了。」

兩人笑鬧了一會兒，反正下午兩人都要去公主府，便一起在安陽侯府用了午膳，一道乘車去了長公主府。

比起趙攸寧的不疾不徐，蕭灼明顯有些迫不及待。原因無他，幾日不見，她有些想景潯了。

想到此，蕭灼的臉不自覺得紅了紅。

不提還好些，可綠妍一說景潯也會去時，蕭灼心裡滿腔的思念就這麼被瞬間勾了起來，然後就再也止不住了。

也許是她心裡想快些看到景潯的想法太過強烈，馬車停在長公主府門口後，蕭灼一下車，就看到同時停下的乾王府的馬車。

後一步下車的趙攸寧，看到蕭灼眼中猛地一亮，整張臉就跟花兒見了陽光似的直發光。

趙攸寧差點被閃了眼，扯了扯嘴角，在心裡冷哼了一聲。

呵，上次在臨江軒還跟她說什麼只是偶遇，還不承認她對景潯世子的小心思，殊不知眼神是騙不了人的。蕭灼自己沒發現，每次她看到景潯時，眼神都會透著一種不自覺的期待和歡喜，而且越來越多。

上次在臨江軒，蕭灼即使刻意壓抑，眼底的光芒依然會在不經意間洩漏出來，更別說今日的不加掩飾了，她除非是瞎了才看不來。

趙攸寧在心底哀嘆了一聲，之前還口口聲聲否認，這不還是淪陷了？到底還是「英雄難過美人關」啊！

想著，趙攸寧又將目光投到對面的景潯身上。

只見景潯也同樣眉眼含笑的看著蕭灼，顯然心情很好的樣子。不同於以往的冷漠疏離，眼底滿是溫柔，以往看著原本比旁人要白上些許的臉色，都染上了一層柔光。
毫無意外的，趙攸寧再次被膩了一把，同時心裡也鬆了口氣。
好好好，既然是兩情相悅，那她就放心了，不過蕭灼瞞著她的這筆帳，還是得找個時間算一算的。
待景潯走過來，看著蕭灼如第一次一般愣愣地看著自己的模樣，唇角笑意更深，半開玩笑地道：「郡主，趙小姐。」
蕭灼這才後知後覺想起來旁邊還有一個人，她不知趙攸寧早就看出來了，趕緊收回視線，客氣地屈了屈膝。「潯世子。」
其實以她如今的郡主身分，已經不用行禮，但蕭灼一遇到景潯就容易緊張，早就忘了這回事。
趙攸寧沒忍住，偏頭笑了起來，輕咳了一聲穩住聲音，屈膝向景潯行了個禮。
「見過潯世子，第二次正好一起到了，真巧。」
景潯點頭回禮。「是啊，挺巧。」
方才趙攸寧向他投來的眼神他當然知道，趙攸寧幾次在蕭灼遇到他人刁難時的維護，他都看在眼裡，知曉趙攸寧是蕭灼真心相待的朋友，所以也沒有刻意隱瞞什麼，大方地明示自己的態度。

趙攸寧笑得跟丈母娘見女婿似的，道：「外頭天熱，我們還是快些進去吧，別讓長公主殿下等我們才是。」說完，率先抬腳往大門走去。

剩下兩人落在後面，蕭灼再也忍不住，想離景潯近一些，可幾日不見，卻反而近鄉情怯似的，有些忐忑。

正想鼓起勇氣走近些，景潯已經先一步抬腳走到蕭灼身側，淡淡的檀木香味鑽進了她的鼻尖。

蕭灼輕輕吸了一口，偏頭衝景潯甜甜地笑了一下，下一秒忽覺手中一熱。

景潯的手藉著寬大的袍袖伸了過來，與蕭灼十指相扣。

蕭灼只驚訝了一瞬，隨即五指收緊，笑得更加眉眼彎彎。

前頭因為後面的腳步聲越來越慢，好奇地微微偏頭朝後看了一眼的趙攸寧。

「……」

# 第六十章

景濤總是瞧著面冷，手心卻意外的很溫暖。

雖然不想放開，也沒法當長公主府裡的丫鬟不存在，蕭灼懷著不捨的心情，在進門時，偷偷將手收了回來。

不過雖然收了回來，兩人依然走在一起，蕭灼時不時裝作無意的輕撩衣袖，與景濤的袍袖擦過，再低聲偷笑。

蕭灼的小動作，自然全都落在景濤的眼裡，唇邊的笑意逐漸加深，默不作聲的配合著蕭灼的動作。

幸好趙攸寧已經吸取方才的教訓，默默地走自己的路，不再往後看，不然非要再次一手遮眼，口中嘖嘖地往後退不可。

進了長公主府，長公主的丫鬟紫月已經在門口等著了。

紫月是上次蕭灼在長公主府不小心喝醉，送她去偏殿休息的丫鬟，兩人也算認識。

紫月一見他們來，便笑著迎了上來。

「見過榮惠郡主、濤世子、趙小姐，奴婢奉長公主之命在此等候各位，請各位與隨奴婢來吧。」

這次長公主並不是如上次一般在公主府的正廳待客，而是在所居的主院前廳。廳內，長公主正坐在裡面和元煜笑著說話，除了兩人外，長公主的左邊，還坐了個身材高䠷、相貌俊朗的年輕男子，看身形和膚色，許是武將家出身的人。

蕭灼想起長公主之前已經由皇上給其和晉將軍的兒子晉辭賜了婚，想必便是這位了，果然儀表堂堂。

蕭灼多看了一眼，便很快將眼神收回來，放在廳中的長公主身上。

上次她來時，與長公主還是臣屬關係，如今卻已經完全不同了，也不知道長公主知不知道這件事？

她來時只想著不用留在府裡應付各官家小姐，如今來了，才後知後覺的有些不知所措。

不過很快，蕭灼的些微僵硬還沒來得及蔓延到臉上，長公主已經停下與元煜的交談，滿面笑意的走下來，牽起了蕭灼的手。

蕭灼抬頭，在長公主眼中看到滿滿的溫柔和親切，方才的糾結和不安瞬間消失得無影無蹤。

「見過長公主。」景潯和趙攸寧行禮道。

蕭灼回過神來，也要屈膝行禮，卻被長公主輕巧地攔了下來。「不必多禮。」

蕭灼抬眼，還是有些不太敢對視，遂又低了下去。「謝長公主。」

對於蕭灼此時還有些不自然的生疏，長公主十分理解，並不介意，笑道：「知道今日這旨意一下，安陽侯府怕是一天都安靜不了，妳又不大愛應酬熱鬧，便將妳接過來了。」

聞言，蕭灼微微睜大了眼。

原來真的不是她的錯覺，這不是巧合，而是長公主有意為之。

同時，蕭灼心裡湧起一股暖意。

其實勉強算上皇宮那次，她和長公主也就見過兩次面而已，可是長公主有留意她不太愛交際熱鬧，雖然只是一個小細節，蕭灼還是覺得很開心。

眼前這個人是她的姊姊呢，關心她的親姊姊。

捕捉到蕭灼眼中的神情，長公主看著蕭灼的眼神更加溫柔，手下的力道更輕，牽著蕭灼的手走到了廳中。

元煜和晉辭也站了起來，晉辭看起來不太愛說話，只與蕭灼點頭示意了一下。元煜則一臉笑，搖著摺扇，調侃道：「還沒恭喜咱們新封的榮惠郡主呢，久仰久仰。」

元煜慣常愛打趣，蕭灼都習慣了，臉紅了紅，有些不好意思。倒是長公主瞪了他一眼，抬眼往趙攸寧那邊看了一眼，元煜立刻閉嘴了。

蕭灼正好在看長公主，也看到了這一幕，眼神在元煜和趙攸寧之間轉了一圈，嗅到了一絲不尋常的味道。

果然下一秒，長公主就對其他人道：「我與灼兒有些話要單獨說，你們可以先在我府裡遊玩觀賞一番。如今蓮花池裡的蓮花開得正好，清涼亭裡我已經著人備下了糕點，賞景極佳。」

長公主都發話了，其他人自然不敢不從。轉身出門時，蕭灼發現景潯和晉辭似乎故意走得格外慢，元煜則恰恰相反，直接快步跟在了趙攸寧身後，一道出了門。

她就說呢，雖然長公主說是特意將她接來避難的，但讓攸寧一起來，說是因為她和攸寧關係好也說得過去，但是多少有些牽強和多此一舉了，合著原因根本不是她，是元煜啊！

嘿，看元煜這行為，絕對有貓膩！上次在臨江軒，攸寧還打趣她，看來她還回去指日可待了。

可是話說到這裡，蕭灼又看了看後面的晉辭和景潯。奇怪，總覺得這倆也挺多餘的。

不過沒等她細想，長公主已經再次拉著蕭灼從前廳的後門出去，進了長公主的臥房。

沒有想像中的金碧輝煌，反而清新雅致。

蕭灼還有些懵懵的，不知道為什麼長公主會直接帶她來臥房，就見長公主走到梳妝檯邊，打開最底下的櫃子，從裡頭拿出了一個錦盒。

長公主撫摸著那個錦盒，走到蕭灼身邊，將那錦盒放到蕭灼手中。

蕭灼不解地看著長公主。

長公主笑了笑。「打開看看。」

蕭灼抿了抿唇，依言打開，盒子裡放著一條繫著紅繩的墜子，墜子不是玉石，而是不知用什麼木頭雕刻而成的小兔子。那斑駁不平的刻紋，一看就是新手做的。

整條吊墜極其普通，而且似乎保存了很久，根本不像是長公主這個身分的人會留的東西。

蕭灼抬眼，眼中疑惑更深。

長公主伸出手，摸了摸那隻甚至說得上是有些醜的小兔子，隨後看著蕭灼，緩緩道：「這隻兔子是我親手雕刻的。」

蕭灼眸子一動。

「我一直想要一個妹妹，所以從母后有了妳之後，我特別高興。當妳還在母后肚子裡的時候，我就在想送妳什麼禮物。後來有一次我聽嬤嬤說桃花木辟邪，送給小孩子戴最好。所以我就找了塊桃木，雕了兩個多月，中間還雕壞了好幾個，最後才雕成了這個，想在妳出生後送給妳。」

說到這兒，長公主頓了頓，眼眶紅了，繼續道：「那時我還小，母后擔心有心人圖謀不軌，秘密送妳出宮，對外只說妳一出生便夭折了。」

長公主回想起當時守在殿外的小小的自己，手裡攥著小兔子，滿懷希望地盼著她期待已久的小妹妹出生，親手給她戴上，帶她玩，陪她長大。

卻沒想到等來的，是這樣一個結果。

那天晚上，她攥著小兔子哭了一夜，緩過來後也依然不捨得扔掉，紀念一般保存了下來。

讓她更想不到的是，這墜子竟然有派上用場的一天。

長公主將那個吊墜拿起來，看了看蕭灼的脖頸，搖搖頭，彷彿被自己逗笑了。「只可惜掛在脖子上怕是不行，估計只能繫在手上了。」

說著，長公主就著蕭灼拿錦盒的姿勢，將那個吊墜輕輕繫在蕭灼的手腕上，隨後抬頭，笑意淡了些。「怎麼哭了？」

此時的蕭灼才後知後覺臉上莫名一熱，發現不知何時，眼淚已經悄然滑落。

昨天事發突然，各種情緒都不真實，直到這時，才真的感覺到自己多了愛她、護她的家人，心像是被揪住似的，喘不過氣，但是下一秒又像被放進了暖流裡，讓她的眼眶不住發熱。

長公主伸手替蕭灼擦了擦眼淚。「都多大的人了，怎麼還這麼愛哭？」

蕭灼看著長公主跟哄小孩子似的語氣，喉頭一哽，腦子還沒反應過來，心已經先做出了反應，聲音低啞道：「姊姊……」

長公主的手猛地停在蕭灼頰邊，眼中滿是不可置信。「妳方才……叫我什麼？」

沒等蕭灼回答，長公主已經一把抱住她。

蕭灼的眼淚忍不住奪眶而出，輕聲嗚咽著，在長公主耳邊又喊了一聲。「姊姊……」

「嗯……」長公主閉上眼，揚起唇角，將蕭灼又摟緊了些。

這麼多年的願望終於獲得了遲來的滿足，真好。

這一個擁抱將兩人方才的不自在盡數打破，兩人一起坐下，說了好一會兒小話。

末了，長公主摸了摸蕭灼的頭髮，道：「灼兒，我知道妳放不下侯府，一時還需要接受和適應，我也支持妳，不過如今咱們姊妹相認，妳可得多補補以前缺失的時光，多來看看我，公主府的西院都給妳準備好了。」

蕭灼重重點頭，歪著頭笑道：「當然，皇姊不嫌我煩就好。」

長公主點了點她的鼻子，站了起來，嘆了口氣道：「行了，今天就先聊到這兒，剩下的咱們以後有的是時間，我要是再不把妳交出去，某人該等得著急了。」

某人？蕭灼不知道為何話題忽然轉得這麼快，眨了眨眼。「什麼？」

長公主沒有答話，轉身走到門邊，打開屋門。

門外不遠處的梨花樹下，晉辭和景潯同時回頭，朝這邊看過來。

長公主朝蕭灼挑了挑眉，意味深長地嘖了一聲。「其實我這麼急著讓妳過來，也不全是因為我有話要與妳說，更多的原因，還是那一位。」長公主指了指景潯。

蕭灼的臉霎時紅了個透澈。

長公主已經知道了？怎會這麼快？是景潯說的嗎？

長公主低頭一笑，隨即拉起蕭灼出門，將人帶到了梨花樹下，一副長輩的模樣警告地看了景潯一眼，然後拉著晉辭，很快消失在拐角。

# 第六十一章

長公主和晉辭逃得飛快，偌大的院中，只剩下蕭灼和景濤兩人。

蕭灼總算回過味來了，她就說怎麼景濤和晉辭也在呢，合著長公主找她根本就是個藉口。

想通了這一點，蕭灼頓時有些生氣。想見她直接派個人遞信不就行了，做什麼還要透過長公主？這下好了，羞死人了。

像是看出蕭灼眼中的埋怨，景濤失笑，走近了些，道：「難不成妳要和那些小姐說，妳推掉與她們的會面，是因為我？」

景濤語音微揚，笑得意味深長。

蕭灼更氣悶了。「那你不會等幾天……唔……」

話未說完，蕭灼已經被景濤從背後抱住，溫熱的氣息拂在蕭灼的耳邊，不再如方才的調侃，低沈似嘆息。

「妙妙，我想妳了……」

蕭灼臉上剛剛消下去的熱意再次騰起，而且比方才更甚，細細密密的甜從心底蔓延開來。

蕭灼覺得自己已經徹底沒救了。以往景潯還是一副清冷疏離的模樣時，蕭灼看到他就移不開眼，如今不僅情緒外露，而且還這麼的……蕭灼根本半點都招架不住。而且一想到這個人親口跟她說過喜歡她，只有自己能和他牽手、擁抱，蕭灼就覺得整個人都像飄在了天上。

在景潯這樣直白的表示下，蕭灼也大膽了些，猶豫了一會兒，鼓足勇氣，輕輕地「嗯」了一聲。「我也是。」

說完，蕭灼像是掩飾什麼似的，撥開景潯環住自己的手，拉開了些距離，眼神躲閃。「拉拉扯扯，成何體統？別被人瞧見了可怎麼好？」

景潯輕笑了一聲。「無事，院子裡的下人已經被遣走了。」

蕭灼左右看看，果然沒有其他人，不過蕭灼並沒有放下心，反而更無語了。

故意引走其他人，似乎更說不清了？

好在景潯大發慈悲，沒有繼續逗她，走過去牽起蕭灼的手，收起語氣中的笑意，道：「一起去那邊坐坐？」

蕭灼那點小小的彆扭，在景潯的輕聲詢問下，毫無抵抗力。暗罵自己一句不爭氣，最終還是老老實實的反握回去，順著景潯一起走了過去。

景潯眼中的笑意滿得快要溢出來，可是很快又被滿滿的不捨和痛苦代替。

他的妙妙真是彆扭又可愛，他一天不見都思之如狂，叫他如何捨得離開？

兩人一起坐在梨花樹蔭下的青草上，景潯深深地看著蕭灼，彷彿要將蕭灼臉上的每一個細節都牢牢刻在腦子裡。

良久，直到蕭灼都快不好意思了，景潯才終於有了動作。

景潯抬手，輕柔拂去蕭灼肩膀上落下的一片草屑，道：「妳們姊妹倆聊得怎麼樣？」

蕭灼看著手腕上繫著的小兔子，笑得開心。「很好啊。」

咦，不對。

如果她沒聽錯的話，景潯方才說的是姊妹倆？

蕭灼猛地抬頭。「你怎麼知道？」

景潯笑意輕淺。「猜的。」

猜的？

蕭灼問道：「什麼時候？」

景潯道：「上次在公主府時就有所懷疑，擔心有異，所以找人調查了一番，再一聯想就猜出來了。」

竟然這麼早？

不過奇怪的是，蕭灼只驚訝了一瞬，便很快平靜了下來。這也難怪，從第一次見面開始，景潯的聰明和強大已經深深根植在蕭灼的心裡，知道這個好像也不奇怪。

與這個相比，蕭灼更在意的還是那句「擔心有異」。擔心什麼有異？是怕當時太后和長公主的舉動是另有涵義嗎？

想到這個可能，蕭灼的心裡就甜滋滋的。

「其實我是想找個機會告訴你，給你一個驚喜的。以前我總覺得你這麼好，怕我配不上你，不過現在好了，我可是公主，你做我的駙馬，不吃虧。」蕭灼仰著頭，笑著道。

看著蕭灼笑時，唇邊露出的小梨渦，景潯忍不住伸手摸了一下她的臉。「我的妙妙那麼好，怎麼會配不上？」

配不上的應當是他才是。

景潯目光暗了暗，和蕭灼在一起的時光太美好，過得太快，他怕再拖下去，只會越來越不想說。

「妙妙，我有件事要和妳說。」景潯輕吸了一口氣，終於開口。

蕭灼這次倒是敏銳的聽出了景潯語氣中的不對勁，臉色刷地白了，下意識地慌亂道：「怎麼了？可是你的傷……」

景潯忙安撫地覆上了蕭灼的手。「別緊張，不是的，我好好的呢。」

蕭灼仔細打量景潯，景潯今日的確面色很好，所以蕭灼剛看到他時才沒有一上來就急著問。

蕭灼鬆了口氣，語氣也緩和下來。「那是怎麼了？發生什麼事了？」

景潯道：「我的師父，赫連神醫找到了。」

「真的？」蕭灼的眼睛瞬間亮了起來，驚喜之情溢於言表。「太好了，那你的傷是不是很快就要好了？」

蕭灼期待地抬頭，卻看到景潯並沒有如她一般高興，嘴角的笑意又慢慢僵住了。

「怎麼了？」

景潯看著蕭灼，緩緩說出了後面半句。「傷是可以一治，只是必須回青瑤山，且歸期未知。」

蕭灼方才還滿含欣喜的笑容徹底消失，像是定在那裡一般，但很快又強忍著擠出一個笑，輕聲道：「那我……可以與你一起去嗎？」

景潯沒有說話，只是覆著蕭灼的手，握得死緊。

蕭灼眼中的光暗了下去，卻又飛快地低頭眨了眨眼，再度抬起來時，臉上滿是輕鬆。「沒關係，赫連神醫醫術高明，肯定很快就能治好，我等你就是了，不要讓我等太久哦。」

景濤眸子一顫，再也忍不住，將蕭灼整個人按進了懷裡。

「妙妙……」

彷彿預料到他接下來要說什麼，蕭灼及時截住了話頭。

「想都別想！」蕭灼凶狠道：「我的荷包，你都收了，反正我今生非你不嫁，你現在只有一個選擇，好好治病，早些回來，知道了嗎？」

明明是表明心跡的話，蕭灼的語氣卻莫名像是個強娶硬奪的惡霸，逗得景濤都有些哭笑不得，可是同時也紅了眼眶。

他的小傻瓜，就那麼怕他會說出那天那樣的話嗎？

不過那樣不負責任的話，他再也不會說了。今生，老天爺給了他最想得到的東西，他無論如何也會守住。

只可惜景濤的想法，蕭灼並不知道，緊緊相擁了一會兒後，蕭灼從景濤懷裡退出來，仰頭道：「你大概什麼時候出發？」

「赫連神醫說越快越好，最遲三天後。」景濤乖乖道。

蕭灼點點頭。很好，她也希望越快越好，三天，足夠了。

打定主意後，蕭灼再次抬眼，在景潯說出下一句話前，主動上前吻住了他的唇。

當日下午，直到幾人離開公主府，蕭灼都沒再給景潯主動挑起話題的機會，僅有的幾次對話，還是在其他人都在的時候。

其他幾人面面相覷，不知這兩人怎麼忽然變得這麼彆扭，看上去又不像是吵架，但都沒敢問。

只有景潯知道其中的原因。

怕聽到她不想聽的話，所以乾脆不讓他說了，這樣的處理方式，果然只有他的妙妙才想得出來。

不過景潯顯然不僅不介意，反而很樂在其中，並且十分滿足。

只是他沒想到，蕭灼不僅今天沒有理他，直到三天後他出發的那天早晨，都一直沒有露面。

左等右等不見人，景潯終於坐不住了，吩咐推遲出發時間，備了車就要去安陽侯府。

一旁的沈遇著急得不行，卻也無可奈何，只好乖乖去備車。可還沒走到門口，就被宮裡來傳旨的公公又攔了回去。

來傳旨的是皇上的心腹李公公，一進門就笑咪咪地直道喜。

「恭喜榮王爺，雙喜臨門，雙喜臨門啊！」

景瀞面色不變，語調微疑。「榮王？」

李公公笑咪咪道：「是啊，新晉榮王爺，接旨吧！」

「奉天承運皇帝，詔曰：乾王世子景瀞，年少英才，文慧武嘉，收復幽州，天可鑒功，念樞機之縝密，睹儀度之從容。襲父爵恐湮其才，今仰受天意，冊為榮王，蔭其後人，永襲勿替。另念安陽侯府之榮惠郡主，淑慎性成，勤勉柔順，雍和粹純，性行溫良，克嫻內則，淑德含章。特賜婚與榮王，郎才女貌，佳偶天成，欽此！」

聖旨讀完，李公公眼睛都笑得快眯成了一條縫，將聖旨收好，放到景瀞的手上。

「恭喜榮王，賀喜榮王！」

景瀞難得有些愣神，接過聖旨打開，仔細看了後面幾句，確認沒有看錯，一時不知該笑還是該震驚。

這個時候突然賜婚，定是與蕭灼有關。

景瀞直到這一刻才真正明白，蕭灼所說的那些話，對他所做的承諾，每一字、每一句，從來都不是說說而已，甚至比他的還要來得重。

還沒等景瀞震驚完，手裡又被李公公塞進一紙薄薄的信封。

「這是榮惠郡主給您的。」李公公小聲留下這一句，便悠閒地甩了一下拂塵，笑呵呵地回去了。

景潯打開手中的信封，信紙上的字如蕭灼一般，是秀麗的簪花小楷。短短的兩行字，景潯都能想像蕭灼寫下這話時的表情，不由啞然失笑，但是捏著信紙的手，卻不易察覺的微微顫抖。

帶著這封聖旨一起去，記住了，我可不想當小寡婦！

兩年後，鄴京，臨江軒。

這兩年間，臨江軒生意越做越大，從二樓增建到三樓，還增添了以各地風光為主題的雅間，如今名氣比起醉仙樓來，也不遑多讓。

不過比起雅間，蕭灼一個人來時還是更喜歡坐在一樓，聽著周圍各異的交談聲，也別有風味。

如今正是用午飯的時間，一樓大廳早已滿座，紛雜的交談聲熱鬧異常。

蕭灼照舊有惜言、綠妍陪著，靜靜坐在靠窗一角，點了幾道常吃的菜，以及剛出的幾道蘇式甜點，一邊吃、一邊聽左邊一桌文人模樣的人，侃侃而談。

「哎，你們聽說了嗎？咱們與西北蠻夷的邊境之戰大勝，小晉將軍不日就要班師回朝了！」

「當然知道，這事都傳得沸沸揚揚了，誰不知道啊？這場仗打了快一年，總算結束了！」

「是啊，小晉將軍這次戰功赫赫，回來的功勛封賞，定是不計其數。」

「是啊，之前還有人說他的風頭都是他爹以及娶了公主的原因，這回那些人肯定都要閉嘴了。」

幾人唏噓感慨了一陣，停了一會兒，不知是誰又再次挑起了話題。

「說到戰爭，我倒想起六年前那場打了好幾年的幽州之戰，還有當時還是少年的榮王了。那一戰，打得可真是天昏地暗，不論是之前還是以後，我還沒見過誰能比得過榮王的風姿。」

這話說得誇張了一些，但卻是眾人默認的事實，其他幾人也紛紛點頭。

忽地，其中有一人像是想起了什麼似的，壓低了聲音，朝其他幾人招了招手，圍攏到中間，輕聲道：「你們知道嗎？我聽說，榮王在兩年前，根本不是被外派，而是像之前一樣失蹤了。」

「什麼？不會吧？」

「其實我也這麼覺得，以當時榮王在朝中的地位，以及和皇上、煜世子的關係，怎麼可能一封王就被外派？而且連剛賜婚的榮惠郡主都丟下了。」

「你這麼一說我也覺得不對勁了，可是如果真是失蹤，那皇上怎麼不派人去找？這都兩年了，就這麼不管榮惠郡主了？」

「誰知道呢……」

另一邊，綠妍和惜言早在那些人提到景潯的名字時，就擔憂的看向蕭灼。耳聽他們不但不停止，還說得越來越過分。綠妍有些忍不住了，正要起身讓他們閉嘴，卻被蕭灼先一步按住了。

「罷了，咱們是出來吃飯的，何必因為他人壞了心情？再說了，謠言都傳出去了，妳堵得住一個人，堵得住所有人嗎？不過是說兩句而已。」

「郡主……」綠妍氣悶，可是看蕭灼一副滿不在意的模樣，也只好不甘地坐了回去。

蕭灼嘆了口氣，其實這種情況，她早就預料到了，畢竟時間長了，誰都會發現不對勁。不過只是說說而已，不放在心上便好。

蕭灼滿不在乎地撇了撇嘴，舀了一勺蜜汁桃肉，放進嘴裡。只是這以往最愛的甜品，此時入了口，到底還是嚐出了一絲苦味。

是啊，都兩年了，再等下去，我都成老姑娘了，景潯，你到底什麼時候回來呀？

想到那個名字，蕭灼的鼻尖不可抑制的酸了酸，又很快壓了下去。

沒關係，都已經兩年了，估計也快了。

有了這個小插曲，蕭灼的胃口大打折扣，又吃了幾口，便再也吃不下去了。

蕭灼垂眼放下了筷子。「我吃飽了，讓小二過來結帳吧。」

「是。」綠妍領命去了。

蕭灼正準備起身，眼神卻忽地頓住，看向遠處通往二樓的樓梯上，正緩緩走下來的一個人影。

那人一襲月白衣衫，身形高挑，雖然戴著帷帽，看不清臉，但是任誰看了，都會覺得那帷帽底下，定是一個樣貌極為出色的男子。

蕭灼驀地睜大了眼睛，死死盯著那人，連呼吸都不自覺放輕了，看著那男子迎著蕭灼的目光，一步一步像是走在她的心上，來到了蕭灼的桌前。

看看桌上吃了一半的甜品，以及沒怎麼動的菜，再看看蕭灼，帷帽底下發出了一聲低低的輕笑。

「嗯，口味沒變，甚好。」

# 番外一 兩年

景潯走的那天，蕭灼一夜未眠，靜靜在窗前從黑夜一直坐到天明。

直到天邊漸漸泛起了魚肚白，蕭灼才抬手揉了揉脖子，放下手時無意間碰到了簪在髮間的白玉簪，心中一動，伸手將那簪子拿了下來。

之前一次無意的詢問，蕭灼偶然得知這支簪子竟然是景潯送給她的，而且還是趁她喝醉睡著的時候。

當時只覺得驚訝，還打趣了面上如此正經的的景潯，居然也會有這樣的小心思。至於打趣的結果，則是被對於調侃「面不改色」的景潯以另一種方式還了回來。

現在看到這支簪子，蕭灼心裡依然止不住地泛著甜蜜，同時，想念也如潮水般不斷湧上來。

好想去見他，可是她不能。她怕自己一去就忍不住想要留下來，更怕會從景潯口中聽到什麼讓她不要等他的話。

一想到可能會有的結果，蕭灼都會渾身顫抖，冷汗直流，根本無法想像如果沒了景潯她會變成什麼樣？

不過還好，她留了一手，昨日求公主姊姊帶她進宮，和皇上求了這個聖旨。

皇上顯然也知道了她的身分和事情的來龍去脈，雖然身居高位，天生威嚴，而且之前又沒怎麼見過，但或許是家人間的心靈感應，還有長公主在場，這一場會面也沒那麼生疏了。

相反的，皇上對她十分輕聲細語，讓蕭灼有些受寵若驚。聽到蕭灼說有事想求他，更是表示無論什麼事，儘管說就是。

直到蕭灼說出了相求的事情，皇上忽地沈默了。

不只皇上，還有只知道蕭灼相求而帶她進來，卻不知道具體所為何事的長公主。

也不怪他們，古往今來，女子求賜婚的，這可是頭一遭。

幸好蕭灼和景潯兩情相悅的事，他們倆都知道。而且景潯從來不是一個喜歡將自己的痛苦或弱點暴露給別人的人。他這傷，又多少與皇上有關，他一開始就沒打算提前說他還未痊癒的事，免得讓皇上見到他時徒增內疚，所以他此次出行，依然選擇如上次一般，先斬後奏。除了蕭灼以外，誰都不知道。

因此在蕭灼一再保證她只是想給景潯一個驚喜後，長公主和皇上你看我、我看你，最終，還是寫下了這道聖旨。

驚訝是真的，高興也是真的。景潯是他的摯友，更是好兄弟，不論人品、能力他都信得過，將自己的妹妹許給他，他也放心。

因此，皇上乾脆也把準備多時的封王聖旨一併寫了上去，還特意將封號改成了「榮」，意味著無雙的榮耀。如此，也算是雙喜臨門了。

將那封信一道交給傳旨的公公時，蕭灼的手還是抖了一下，可也只是一瞬，最終還是毅然決然地將信封放了上去。

她知道在這種情況下，將自己的餘生交付出去很冒險，也知道這可能讓景潯無形中揹上了更大的壓力，可是除此之外，她想不到其他的辦法了。

她早已決定此生非景潯不嫁，所以，就讓她瘋狂任性一次吧！

這樣，不論需要多長時間，景潯都能一直記得有個人在等他，盼他早歸。

思緒紛繁，不知不覺，天已大亮，陽光從窗口灑入，落在蕭灼身上，蕭灼起身換了個位置。

剛剛坐下，綠妍就從門外走了進來，咬了咬唇，低聲道：「小姐，景潯世子已經動身了。」

蕭灼整個人僵在了原地，兩行清淚終於伴隨著一聲嗚咽，從眼眶中落了下來……

景潯走得靜悄悄，直到午時，才有他準備好的信件送到了皇宮和穆王府。

皇上和元煜自然又氣又怒，但是人都已經走了，也沒辦法，只好一起大罵了景潯一頓，在心裡狠狠記上一筆，最後還是壓下心裡的擔憂，認命的以外派之名幫景潯收拾了爛攤子。

長公主是隨後知道的，她的第一反應便是想到了那道聖旨，當時她還以為是有情人終成眷屬，卻沒想到事情竟然會是這樣，當下便備車去了安陽侯府，同時也在府門口遇上了同樣來找蕭灼的趙攸寧。

趙攸寧此時還不知道具體真相，只是覺得剛封王就外派很奇怪，所以來問問。

長公主沒時間解釋，拉上趙攸寧一道進了府，卻得知蕭灼根本不在府裡。

同一時刻，蕭灼正跪在喬韻的墓前。

大夫人之死的真相水落石出後，二夫人被即刻處斬，蕭嫵也在被貶為庶人後，流放幽州，太后和安陽侯當日便派人按照王大所提供的真正地址，將喬韻的屍骨運了回來。

蕭灼靜靜看著墓碑上的字，半晌，低低喊了一聲。「娘親。」

雖然她的生母是太后，可是在她心裡，從小對她呵護備至、給予她所有疼愛和關心的喬韻，永遠都是她最愛的娘親。

蕭灼抬眼，微微俯身，將臉輕靠在喬韻的墓碑上，閉上眼睛，聲音輕得宛如呢喃一般。

「娘親，對不起，是女兒的錯，到今天才查清楚真相，讓您流落在外這麼長時間。

「您放心，鄭秋顏她們已經得到了應有的懲罰，女兒也終於看清楚她的真面目，以後一定會擦亮眼睛，不會被奸人所騙。

「最近發生的事實在太多了，沒有您，女兒差點就應付不過來了，還好女兒聰明，都化險為夷了。

「娘親，女兒如今過得很好，交到了真心相待的朋友，還有更多的人疼愛女兒，不過不管怎麼樣，女兒最愛的還是娘親，也一定會永遠陪著娘親。

「還有，女兒還喜歡上了一個人。

「他叫景潯，是一個很好的人，長得十分好看，聲音特別好聽，對女兒也很好，有機會我一定帶他來給您看看，您一定會滿意的。

「可是……可是今天，他卻離開了，因為他要去治病，很重很重的病，也不知道什麼時候才能回來。」

說到這兒，蕭灼停頓了一會兒，聲音逐漸帶上了一絲嘶啞。

「娘親，您說上天為何這麼不公平呢？他明明那麼好，卻要遭受那麼多的苦難。還有您，您從來沒做過壞事，對待鄭秋顏更是從未有過苛待，可她卻非要置您於死地，到底是為什麼？

「娘親，女兒真的好想他，一想到他，女兒的心就好痛。如果您在天有靈，一定要保佑他平安健康的回來，好不好？」

長公主和趙攸寧趕到的時候，蕭灼正好從墓園裡走出來，臉上的淚痕已經擦乾了，神情恢復了平靜。

但兩人看著蕭灼的眼神依然滿是擔憂，尤其是趙攸寧，她在路上已經聽長公主說了個大概，此時又震驚、又心疼。

傾訴了一番，蕭灼心裡已經好過多了，看到長公主和趙攸寧擔憂地看著她，心中更是暖，抬頭朝兩人微微笑了笑。

長公主和趙攸寧互看了一眼，一前一後走到了蕭灼身邊。

趙攸寧看蕭灼臉色還好，猜不準是真的還是在強顏歡笑，低聲道：「阿灼，妳還好吧？」

蕭灼笑笑。「我挺好的，真的，不用擔心我。他要走的事，我早就知道了，也是因為知道了，才去求那聖旨的。我相信他很快就會健健康康的回來。在這之前，我會好好照顧自己，等他回來。」

長公主和趙攸寧這麼急著趕過來，就是怕她忽然接到消息會想不開，此時聽蕭灼說早就做好準備，都鬆了一口氣，懸著的心也放下了些。

雖然知道蕭灼不會做傻事，但看著蕭灼不再如以往往開心活潑的模樣，兩人還是心疼。

蕭灼知道她們關心她，安慰道：「放心，我真的沒事。」說完抬頭看了看天。「今天天氣挺好，也不熱，反正都出了城，不如我們一起去護城河邊走走？」

蕭灼這樣說，一半是想讓她們放心，另一半也是真的想去散散步、吹吹風。

兩人這會兒只想著如何能讓蕭灼開心一些，聽她主動提議，當然毫不猶豫地答應。

蕭灼看看左邊，再看看右邊，低頭彎唇一笑。

真好。

等待的日子，有時慢得彷彿度日如年，有時又快得在床上迷迷糊糊地就睡過了一天。

封了郡主後，太后給蕭灼一段接受、沈澱的時間，隨後便經常召蕭灼進宮作陪，再不掩飾她對蕭灼的偏愛，宮宴時都是與長公主一左一右的坐在太后身邊。

蕭灼知道這是太后對她的補償，她拒絕不了，只好接受。

可是在太后再一次暗示想接她回宮時，蕭灼沈默了半晌，還是搖了搖頭。

太后是她的生身母親，她也感受到太后對她的好，會盡好為人子女的責任，好好陪伴太后，在太后身邊盡孝，至於身分什麼的，她並不在乎，也覺得沒什麼差別。最重要的是，進了宮，換了身分，就意味著她再不是娘親的女兒，有種將她和娘親的關係切斷一般，她不願意。

太后也知道她的想法，見她心意已決，到底還是鬆口答應了。

蕭灼看著太后泛紅的眼眶，想證明自己並不是在怪她，終於鬆口，喊了一聲「母后」。

太后愣了愣，反應過來後，將蕭灼緊緊抱在了懷裡。

但太后雖然答應了，到底還是心疼蕭灼，想給她更高的地位和寵愛，沒過幾日，太后還是下了一道懿旨，找了一條捷徑，收蕭灼為義女，封號依然是「榮惠郡主」，住在安陽侯府，但可隨意出入宮中，以後出行規格皆按照公主儀仗。

這道懿旨一下，各世家女個個紅了眼，以前還強撐著不想拉下面子向蕭灼求和的幾人，再也撐不下去，個個削尖了腦袋，往安陽侯府鑽。

對此，蕭灼的反應依然平淡。

就連以往一直和她作對的孟余歡，還有張小姐、余小姐，個個見了她也不得不低頭跪拜，生怕她想起以前的事而戰戰兢兢的模樣，蕭灼的心裡也沒了她之前所以為的痛快。

趙攸寧都不止一次說過，自從景潯走後，蕭灼就變得越來越沈默寡言，即使面上是笑著的，那笑意也達不到眼底。

對此，蕭灼自己卻沒有什麼感覺。

但是說實話，還是有能讓蕭灼真正高興起來的事的，比如，趙攸寧和元煜的大婚。

經過元煜整整一年堅持不懈的追求，趙攸寧終於還是沒把持住，被自己說的那句「遠離王公貴族」打了臉，並且為此被蕭灼調侃了好些天。

但調侃歸調侃，蕭灼是真的為趙攸寧感到高興。

這一年元煜為了趙攸寧也是徹底收了心，不但做事越來越沈穩，還將自己以前的花名徹底洗刷乾淨。在賜婚當天，親口立下誓言，此生只會愛護趙攸寧一人，絕不辜負。

當天，一向開朗心大的趙攸寧，第一次在人前落了淚，總算是有情人終成眷屬。

大喜之日就安排在三個月後，那也是蕭灼自景潯走後最開心的一天，頭一次喝了個爛醉，然後在回府的路上，撲在長公主懷裡哭成了淚人兒。

蕭灼一遍又一遍呢喃著景潯為什麼還不回來，到底什麼時候回來，她真的好想他。

長公主心疼的摸著蕭灼的頭髮，沒怎麼勸慰，讓她好好的哭了一場。這段時間，蕭灼太過壓抑，早就需要這樣好好的發洩一下了。

這一醉，就睡了兩天。

醒來後，蕭灼依然如往常一樣吃喝，每日最常坐在窗前繡荷包和喜帕。

鄴朝的規矩，姑娘家嫁人要自己繡蓋頭的喜帕以及床頭掛的荷包。從賜婚聖旨下來的那天，蕭灼就已經開始動手了，直到今天，不知道已經做好有多少的樣式了。

又是一個豔陽天，蕭灼坐在蔭涼處，十分熟練地將一枚山河圖紋的荷包收了尾，輕揉了揉已經發疼的手腕。

綠妍正好來奉茶，看到蕭灼放在桌上的荷包，輕聲讚嘆。「真好看，郡主的手藝越來越好了。」

這話倒是真的，蕭灼的繡工本就不差，如今每日做，更是精進，不僅速度越來越快，圖案也越來越精緻。如今桌上這枚巴掌大的荷包上，濃縮了江山秀水，一看便知主人繡工精湛。

蕭灼看著這荷包也滿意得很，起身將其放入一旁的櫃子裡，忽地想起了什麼，道：「今日是什麼日子？快入夏了吧？」

綠妍一聽便知蕭灼問的是什麼，原先歡快的聲音也低了些。「回郡主，快兩年了。」

蕭灼動作頓了頓，低頭笑笑，沒再多問，抬頭看了看一望無際的碧藍天空。「今日這天倒是好，不冷不熱的，舒服得很。」

綠妍是個有眼色的，看出蕭灼今日心情還算不錯，急於帶過方才的話題，試探道：「說起來郡主也有好些天沒出門了，奴婢聽說臨江軒又出了幾道新甜點，聽著名兒應當合郡主的胃口，不如去嚐嚐？」

剛好也快到午時了，現在出門時間正好。

蕭灼轉頭看看綠妍期待的神色，無奈地點了下她的頭。「行，去備車吧。」

# 番外二　歸來

避開熱鬧街道的小路上，一輛外形頗為低調的馬車平穩的行駛著，沈遇、惜言和綠妍跟在馬車旁邊，來回用眼神交流了好幾輪，不敢出聲說一句話，唯恐驚擾車內的兩人。

馬車內，景澪已經摘下帷帽，緊緊地將哭得上氣不接下氣的蕭灼抱在懷裡，不住地撫摸輕吻她的髮頂，心疼得無以復加。

方才在臨江軒內，他本是想給蕭灼一個驚喜，卻沒想到看到蕭灼看到他，那不可置信的眼神時，卻是他自己先忍不住了，直接牽住還在愣神中的蕭灼，出門上了馬車。

車簾放下，這麼長時間的思念洶湧而至，看著眼前朝思暮想的人，景澪再也忍不住，傾身吻上了蕭灼的唇。

可是沒過一會兒，景澪的口中忽地嚐到了一絲鹹澀，睜開眼，蕭灼不知何時已經淚流滿面。

景澪頓時慌了，不敢再繼續，甚至有些手足無措地將人摟進了懷裡，整顆心都揪了起來，一邊顫抖著手拍撫蕭灼的後背，一邊聲音沙啞地認錯。

「對不起，妙妙，是我的錯，我混蛋，不該這麼晚才回來，妳別哭好不好？

「妳要是不解氣，可以打我幾巴掌，嗯？別哭，妳哭得我心都碎了。」

在戰場上面對千軍萬馬都鎮定自若的景潯世子，此時卻慌亂得像個孩子。

不知過了多久，蕭灼才慢慢止住了哭泣，只是臉依然埋在景潯懷裡，抽噎著微微顫抖。

馬車裡不透氣，景潯怕她悶壞了，輕手輕腳的想將人從懷裡撈出來透透氣，也遭到了蕭灼的無情拒絕。

景潯無奈又心疼，低頭在蕭灼耳邊輕哄。「妙妙乖，起來透透氣，馬車裡悶得慌，別悶出病來。」

過了一會兒，蕭灼才終於有了動作，一張滿是淚痕的臉，從景潯懷裡抬了起來。因為哭得太過用力，蕭灼嗓音有些嘶啞。「景潯？你真的回來了？」

景潯低頭，將蕭灼頰邊的淚珠一一輕柔吻去，低聲喃喃。「是，我回來了，以後都會守著妳，再也不離開了。」

蕭灼聽著這熟悉的聲音，鼻子一酸，差點又要哭出來。

「好了。」景潯吻了吻蕭灼的額頭。「不哭了好不好，小心眼睛疼。」

蕭灼咬了咬唇，止住了鼻尖的酸澀，忽地想起什麼，上下看看景潯，小心翼翼地道：「那你的傷……」

景潯笑了笑。「都好了，生龍活虎，保證能與妳共赴白頭。」

蕭灼的眼睛倏然亮了，歡喜地笑了起來。隨後狂喜褪去，心裡的委屈又逐漸湧了上來，抬手給了景潯一拳。

「混蛋！」

景潯也不躲，直接受了這一拳，且更湊近了些。「是，我是混蛋，都是我的錯，只要妳消氣，怎麼打我都行。」

你怎麼到現在才回來，知不知道我等你等得多辛苦？」蕭灼啞著嗓子，委屈得不行，但到底還是顧念著景潯的傷，抬起的手猶豫了半天，還是放了下去。想了想，又改成抱住景潯的腰，靠了上去。

景潯環住蕭灼的腰，嗓音也有些沙啞。「對不起，妙妙，以後再也不會了。」

「從今以後，再也不要離開我了，好嗎？」

景潯伸手，與蕭灼十指相扣。

「好，從今以後，我們再也不分開。」

蕭灼終於破涕為笑，靠在景潯胸口，半晌，微微仰起了臉。

景潯看著她，目光中似有不解。

蕭灼臉頰紅了紅，輕輕閉上了眼睛。

「抱歉，方才打斷了，現在繼續，可以嗎？」

景溽微愣了一會兒，旋即更深更重的覆了上去。

乾王府外，得到消息的元煜、趙攸寧和長公主等人，已經第一時間急匆匆地趕了過來。就連皇上也微服出了宮。

大家心裡激動又著急地站在了府門外。

當蕭灼被景溽吻得腿軟，被哄著打橫抱下馬車時，被迫面對兩邊如列隊歡迎一般熱切的目光。

蕭灼愣了一下，隨即小聲驚叫了一聲，再度將泛紅的臉埋進了景溽的懷裡。

眾人也沒想到看到的竟會是這樣的場景，反應過來後紛紛尷尬地偏過了頭，但是眼角餘光還是忍不住往這邊看。

景溽輕笑了一聲，知道懷裡人臉皮薄，朝著幾人點了點頭，抱著懷裡人進了府。

其他人等他進去後，又不約而同的將目光移了回去，看著景溽的背影，眼中都是實實在在的欣慰。

得了，看這情形，也不用再多說其他的了，幾人互看了一眼，誰都沒有跟上去。

這時候，誰去都是打擾，還是把時間留給這兩人吧。

長公主乾咳了一聲，看著對面的皇上，惆悵地嘆了口氣。「得了，皇兄，別看了，女大不中留，還是趕緊回去讓禮部籌備大婚才是正經。」

這兩人拖到今天，總算修成正果，這才是真正圓滿的有情人終成眷屬啊！

# 番外三　圓滿

繼晉辭大敗西北蠻夷後，京城的百姓可算是人逢喜事精神爽，可他們沒想到的是，這還只是第一件。

緊接著，被外派的榮王應詔回朝，且將於兩個月後與安陽侯府的榮惠郡主大婚。

由於雙喜臨門，皇上龍心大悅，同時下旨大赦天下，以告天地。

一個接一個的好消息跟炮仗似的將京城的氣氛點燃，明明是快入夏的時候，京中卻和過年一般熱鬧，大街小巷，喜氣洋洋。

長公主和如今的穆王妃，也就是趙攸寧同乘一車，看著如今京城的盛況，很是高興。

她們倆今天可不是來逛街的，馬車直直穿過鬧市，停在了安陽侯府前。

兩人沒有直接下車，而是打起車窗的簾子，朝著迎過來的程管家問道：「阿灼可在府裡？」

如今蕭灼與長公主和穆王妃情同姊妹的事早已不稀奇，程管家也見怪不怪，走過來笑咪咪行了個禮。「回長公主、穆王妃的話，郡主一個時辰前去了榮王府，這會兒還沒回來呢。」

長公主和趙攸寧對視了一眼。果然。

「行，我們知道了，有勞程伯。」

「不敢不敢，恭送長公主、穆王妃。」

長公主放下簾子，無奈地搖搖頭，對車伕道：「去榮王府。」

「是。」

這會兒景潯和蕭灼正在榮王府主院尋妙閣前院的葡萄架下，一起紮鞦韆。說是一起紮，但準確來說還是蕭灼看，景潯做。

一旁的下人想幫忙又無從下手，紛紛在心底感嘆，沒想到在外一向不苟言笑、清冷矜貴的榮王爺，竟然也有這樣的一面，這要是讓旁人看到了，只怕也得暗嘆見了鬼。

蕭灼坐在一邊，單手托腮，出神地看著將袖口微微挽起做木工活兒的景潯，想不通世上為什麼有人會連繫麻繩的動作都那麼好看。

幾天過去了，蕭灼對於景潯回來的不真實感終於消退，取而代之的是想無時無刻都能看到他的念頭。

而景潯，更是有過之而無不及。

經歷了這一遭，哪還顧得上害羞或什麼閒話，這幾日只要沒什麼事，兩人便會待在一起，哪怕什麼事都不做，也覺得幸福。

很快的，景濤便將一個精緻的鞦韆綁上了鞦韆架，試了試確認牢固後，回身輕笑著朝蕭灼招了招手。

「妙妙，過來。」

蕭灼彎起了眼睛，腳步輕快地跑了過去。

景濤自然地伸手，將跑過來的人抱住，低頭在蕭灼的眉間輕吻了一下。蕭灼臉紅了紅，將頭埋進景濤懷裡，像貓兒似的蹭了蹭。

這是景濤回來後，蕭灼最喜歡做的一個小動作。

須臾之後，景濤忍不住輕笑了一聲。「我好不容易才做好的，要不要試試？」

蕭灼這才睜開眼，從景濤懷裡鑽了出來。

景濤笑道：「來，我推妳。」

蕭灼點了點頭，繞到景濤身前坐上鞦韆。

坐下之後，蕭灼忽地覺出了些不對勁來，低頭看著這大概能坐下三個人的鞦韆，以及比一般繩子都要粗的麻繩。

「好寬敞的鞦韆。」

「當然，妳之前不是嫌乾王府的鞦韆小，想要個能做能躺的鞦韆嗎？這個可滿意？」

蕭灼回頭看著景潯，又轉回頭抿唇笑了起來。這不過是她之前隨口一說的，她自己都不太記得了，沒想到這人還記著。

景潯看著眼前人微微泛紅的耳垂，也輕輕笑了一聲，半是打趣道：「寬敞些好，等以後人多了也能坐得下。」

蕭灼愣了一會兒才忽地反應這話裡暗含的意思，登時臉色通紅。可她還沒來得及反駁，鞦韆就開始小幅度的晃動了起來。蕭灼忙伸手抓住麻繩，很快便無暇去想其他，在鞦韆盪起來時，開懷地笑了起來。

景潯站在蕭灼身後，眼前鞦韆上的人，便是他眼中全部的世界。

長公主和趙攸寧走過來時，看到的便是這樣一幅畫面。

「好啊，我們都在外頭忙翻天了，你們兩個倒好，躲在這兒盪鞦韆，真是好不自在。」

蕭灼聽見聲音忙停了下來，見到來人，高興地起身，走了過來。

「皇姊，攸寧，妳們怎麼過來了？」

長公主伸手點了一下蕭灼的額頭。「妳還問我？宮裡宮外為了準備你們的婚事，忙得焦頭爛額的，連我和攸寧都被抓去幫忙。妳倒好，躲這兒偷閒來了。」

蕭灼低頭咬了咬唇，有些不好意思，打著哈哈道：「皇姊，不是我不想幫，只是這些我也不太懂，萬一幫了倒忙就不好了。再說，這可是我……成親，哪有自己操辦自己婚禮的。」

蕭灼越說越小聲，畢竟嫁人這種事，從女孩子嘴裡說出來，還當著另一個人的面，著實有些難為情。

長公主不以為意。「那有什麼？我與攸寧成親時，喜帕、香袋、荷包等不也都是自己置辦的？再說了，成親前新人不許見對方的習俗妳也忘了？偷懶可以，但不許總是往榮王府跑。」

「啊？」

「啊什麼啊，今日我和長公主正好要出門採買，妳得同我們一起去，正好按照妳的喜好置辦。」趙攸寧也附和道。

蕭灼有些為難地看向景濤，景濤自然也不想，但是無奈長公主在這兒，他也不敢反駁，畢竟娶了人家的妹妹。

好吧，反正也就兩個月，只能咬咬牙，忍了。

最終蕭灼還是半勸半拖的被長公主和趙攸寧帶了回去。

人走後，景澕幽幽嘆了口氣，回身坐到蕭灼方才坐過的鞦韆上，半晌，低頭輕輕笑了一聲。

這兩個月對於蕭灼和景澕這兩位當事人來說的確難熬，但是對於準備婚禮來說，確實是有些緊湊的。

如今蕭灼是安陽侯府唯一一位姑娘，給她的陪嫁自是不必說。除此之外還有宮裡太后的那一份。太后對這個小女兒的疼愛已經無法用語言形容，嫁妝是安陽侯府的三倍不止。當天，光是蕭灼的嫁妝，都能從街頭排到街尾，也就長公主出嫁時的排場能與之相比了。

除此之外，因為乾王在江州，皇上特許兩人在宮中拜堂，真真正正是按照公主的排場來的，也算是了了太后的心願。

消息一出，京城貴女圈裡又是一片譁然，暗嘆這位榮惠郡主真是好命，這排場估計以後也沒人能趕得上了。

吉日當天，蕭肅看著一身紅裝的蕭灼，這麼多年來，第一次紅了眼眶。

不管蕭灼的真實身分如何，她畢竟都是他從小看著長大的女兒，而且之前還因為他的無能受了那麼多委屈，可即使如此，蕭灼也還是選擇留在府中盡孝，一時愧疚、心疼與不捨交加，忍不住紅了眼，哽咽地喊了聲。「爹爹。」

蕭灼也忍不住偏過了頭。

蕭肅深深嘆了口氣，轉回身輕拍了拍蕭灼的肩膀。「去吧，兩個人好好的，若是受了委屈也不要怕，回來告訴爹，爹替妳找那臭小子出氣！」

蕭灼終於沒忍住，破涕為笑，點了點頭，一步三回頭地出了門。

豔陽高照，十里紅妝，一番繁瑣的禮節後，伴隨著一聲高亢的「禮成」，像夢中出現的無數次一般，這次蕭灼終於真真正正的嫁給傾慕已久的少年郎。

當景濤推門走進來時，蕭灼不自覺隨著景濤靠近的腳步，緊張地攥緊了手。喜帕被挑開的同時，微顫著閉上了眼。

但是剛閉上，又覺得這舉動實在有些好笑，才又慢慢睜開了眼，一入目，便是景濤專注看著自己的眼神。

漆黑的眼瞳深沈如墨，蕭灼瞬間紅了臉。

見景濤一直沒有動作，她的手心都冒出了些細汗，難為情地輕咳了一聲，正想說些什麼緩和一下氣氛，卻忽然身子騰空，整個人被景濤打橫抱了起來。

「噓，別怕。」景濤輕吻了一下蕭灼的眼睛。「我帶妳去一個地方。」

景濤抱著蕭灼出了門，輕功幾番起伏，停在榮王府藏書閣的頂樓。

蕭灼從景潯懷裡下來，朝四周看了看，心下更加疑惑。

這個時候，景潯帶她來這兒做什麼？

但是當蕭灼轉過身，卻驚訝地發現，從這個角度剛好能將自己住的安陽侯府院子內的景色盡收眼底。

「天啊，這兒竟然能看到我住的地方……」

蕭灼驚奇道，邊說邊欲指給景潯看，不料剛一回頭，便被景潯困在他與欄杆之間，深深地吻了下去。

景潯當然知道這裡能看到蕭灼住的地方。如今榮王府的前身，便是楊太傅的府邸。從十歲到十六歲，他便是在這裡以另一種方式，默默陪著他心裡的那個小姑娘長大，她是在黑暗中的他所求的最大的願望。

曾經，他為了這個願望，寧願窮此一生。幸好上天垂憐，如今，總算求得圓滿了。

——全書完

2021年10月出版

# 扶瑤直上

文創風 1003～1004

既然從現代回到古代，那可不能浪費腦中的知識！
沒有手機、看不到電視、上不了網都無所謂，
智慧深植於骨子裡，她要勇往直前，翻轉世人對女子的印象……

## 俏皮文風描繪達人／若涵

要說有什麼比「穿越」這件事更令人匪夷所思的，
那肯定是她原本就是個道地的古代人，
只是靈魂不知怎麼的跑到現代，
還害別人在丞相府默默代替她活了十六年吧……
不過夏瑤向來想得開，就算一睜眼即是洞房花燭夜，
她也能「從容就義」、「視死如歸」……
等等，這位新郎官長得會不會太帥了一點啊？!
行行行，既然老天賜了個讓人看了就流口水的丈夫，
那她就「勉為其難」地待在這副身體裡不走，
努力宣揚新時代女性自立自強的思想，
當個「驚世駭俗」的超猛人妻！

2021年9月出版

# 二嫁的燦爛人生

文創風 993~995

重生簡直是個坑，她莫不是得罪地府的人吧……
二嫁便罷，為何又嫁給京城第一紈袴了?!

## 後宅在走，雌威要有／李橙橙

前世嫁給紈袴世子謝衍之，新郎在成親當天落跑不說，嫁妝還被債主搶光?!
沈玉蓉不堪羞辱上吊自盡，魂遊地府遇到早逝親娘，習得種種好本事，
廚藝、農事、武術，連催眠都難不倒她，但此時命運又對她開了莫大玩笑——
她居然重生了，夫君正是謝衍之，說什麼要從軍立功，連她的蓋頭都沒掀就跑了！
這理由也太氣人，幸虧她已非昔日小白花，既來之則安之，好好活著才是要緊。
根據上輩子記憶，除了謝衍之，謝家大房全是和善婦孺，還窮得快揭不開鍋，
堂堂侯府落魄至此，她也只能拿出真本領，帶著婆婆跟弟妹們一起發家致富！
說到京城裡紅火的生意，莫過於茶樓跟酒樓，話本、美食便是金雞母啦，
她在地府博覽群書，寫個話本小菜一碟，又做得一手好料理，定能以此賺銀兩。
但女子謀生不易，聽聞長公主府善此道，該怎麼讓這座有財有勢的靠山幫她呢？

望今朝碎碎唸唸之人，亦相伴歲歲年年／寒山乍暖

2021年10月出版

# 萬能小媳婦

人家對她好一分，她必是要還回十分才覺心安，
偏偏他這人啊，嘴上從不會說些甜言蜜語，
不過她曉得，他是將她放在心尖尖上珍藏著的，
於是乎，她欲走不能，莫名丟了心；
於是乎，她甘願和他結髮一生、相伴一世……

文創風 996 **1**

因為長得漂亮，命格又與沈羲和相合，所以顧小被沈母買回家當他的童養媳，
可被壞心奶奶賣掉的她一心只想回顧家找娘親，於是她大著膽子去尋賣身契，
不料陰差陽錯之下被眼裡揉不得沙子的沈母抓了個現行，認定她在偷錢，
沈家是容不下偷雞摸狗之人，更何況「偷」的還是沈羲和的趕考銀子！
毫無懸念的，她被趕走，結果在回顧家的路上摔下崖，結束坎坷的一生，
然後……顧筱就發現自己一睜開眼竟穿書過來，成了顧小那個小可憐了！
最要命的是，她就在案發現場、手裡正抓著那只該死的錢袋！
估計沈母現正站在門口準備進來抓她呢，這是天要亡她吧？

文創風 997 **2**

按原書設定，自小聰慧的男主沈羲和年紀輕輕就考中秀才，且一路考一路中，
三元及第、加官進爵後還娶了善良的女主，顧筱當初看書看得是無比開心，
然而，當她成了男主功成名就前那個短命的童養媳，故事可就不那麼美妙了，
因為沈羲和從未喜歡過那個性子怯懦、舉止粗鄙又大字不識一個的童養媳啊！
若她硬留在沈家就是擺明了招他嫌的，可她就算有心想走也走不了呀，
畢竟她初來乍到，還人生地不熟，空有美貌卻沒錢沒勢地在外走跳鐵定完蛋，
更何況，她的賣身契還捏在沈母手中呢，沒拿回來前她也沒那個臉偷跑，
所以她決定了，得先想法子賺錢攢夠銀子，把賣身契贖回來再揮揮衣袖走人！

文創風 998 **3**

由於家裡出了個很會讀書的沈羲和，一家子傾全力供他讀書科考，
所以沈家十幾口人，平時日子過得緊巴巴的，那是真窮，
家中大權握在沈母手中，就連柴米油鹽能用多少都是她說了算，
因此身為女子的顧筱要在家裡頭吃口肉實在是奢想，
不過她算是漸漸抓到了跟沈母相處的訣竅──順著毛摸！
凡事只要打著「為了相公好」的名義，沈母就沒有不點頭的，
憑藉這點，她私下做手工藝攢錢的事沈母都沒多說什麼，
因為在沈母心中，她就是個為了相公掏心掏肺的傻丫頭呀！

文創風 999 **4** 完

羊毛氈、貝殼風鈴等，顧筱努力做出各種精緻的手工藝品來吸引顧客，
名聲出來後，越是獨一無二、出自她手的作品，就越是有人搶破頭要收購，
不過她也沒忘了帶領沈家人開食肆、買土地，過上滋潤的日子，
她出得廳堂、入得廚房，賺得盆滿缽盈，讚她一句萬能小媳婦她都不害臊，
雖然沈羲和早把賣身契還她，可奇怪的是，重獲自由身的她竟捨不得離開了，
再加上她那名義上的相公早已滿心滿眼都是她，對她呵護備至、疼寵有加，
所以她認真想了想，要不……就留下來嫁給他，不走了吧？
賺錢養家這種小事交給她，他便負責光宗耀祖，這筆買賣似乎還挺划算的啊！

# 傻白甜妻硬起來 下

國家圖書館出版品預行編目資料

傻白甜妻硬起來 / 蘇沐梵著. --
初版. -- 臺北市 : 狗屋出版社有限公司, 2021.11
冊 ; 公分. --（文創風 ; 1008-1009）
ISBN 978-986-509-267-2（下冊 : 平裝）. --

857.7　　110016639

著作者　蘇沐梵
編輯　王冠之
校對　沈毓萍
發行所　狗屋出版社有限公司
地址　台北市104中山區龍江路71巷15號1樓
電話　02-2776-5889～0
發行字號　局版台業字845號
法律顧問　蕭雄淋律師
總經銷　知遠文化事業有限公司
電話　02-2664-8800
初版　2021年11月
國際書碼　ISBN-13　978-986-509-267-2



定價260元
狗屋劃撥帳號：19001626
網址：love.doghouse.com.tw　E-mail：love@doghouse.com.tw